Ao som de um violino

Caroline Verban

Ao som de um violino

Prefácio:
Maestro João Carlos Martins

© 2019 - Caroline Verban
Direitos em língua portuguesa para o Brasil:
Matrix Editora
www.matrixeditora.com.br

Diretor editorial
Paulo Tadeu

Capa, projeto gráfico e diagramação
Allan Martini Colombo

Ilustrações
Bruno Russo

Revisão
Lucrécia Freitas
Silvia Parollo

CIP-BRASIL - CATALOGAÇÃO NA PUBLICAÇÃO
SINDICATO NACIONAL DOS EDITORES DE LIVROS, RJ

Verban, Caroline
Ao som de um violino / Caroline Verban. - 1. ed. - São Paulo: Matrix, 2019.
72 p. : il. ; 23 cm.

ISBN: 978-85-8230-534-8

1. Ficção. 2. Literatura juvenil brasileira. I. Título.

19-59907
CDD: 808.899283
CDU: 82-93(81)

Meri Gleice Rodrigues de Souza - Bibliotecária CRB-7/6439

Prefácio

Ao som de um violino é um livro que faz com que eu me lembre da minha história, porque ela é totalmente ligada à do meu pai. Ele, aos 10 anos, sonhava em ser pianista, mas era o início do século XX, o trabalho era extenuante e abusivo – resquícios então recentes da era do trabalho escravo – e meu pai teve a mão decepada numa gráfica onde trabalhava e, assim, não pôde realizar seu sonho. Claro que o acidente não tem nada a ver com a história, mas o amor dele pela música é o início da minha trajetória na música, aos 8 anos, e isso fez com que eu me identificasse com o texto de *Ao som de um violino*. No caso da personagem Camila, o amor pela música vem com a ausência de seu pai, cujo paradeiro o violinista Pedro tenta descobrir. Essa história envolvendo Pedro e Camila, como o leitor vai ver no decorrer da leitura, aliás, me fez lembrar de alguns acontecimentos da minha própria vida.

Quando vejo um sonho se realizar – claro que eu não vou contar o final da história –, eu me emociono. Acho que este livro tem tudo a ver com a transformação que a música pode promover na vida de uma pessoa, na inclusão social em nosso país, na realização de um sonho. Assim sendo, eu recomendo a leitura de *Ao som de um violino*, seguro de que poderá ser um exemplo de superação para jovens que estão vivendo uma realidade atualmente fora da música, mas que poderão estar ligados a ela no futuro – e eu vejo que a palavra "superação" faz parte da história, assim como da vida deste velho maestro.

Maestro
João Carlos Martins

Agradecimentos

Em primeiro lugar, quero agradecer a Deus e ao universo, que de alguma forma me inspiraram a escrever esta história.

Quero agradecer ao meu namorado, meu melhor amigo, que sempre acreditou em meus sonhos, que sempre me segurou quando achei que não conseguiria. Meu AMOR, você é minha fonte de inspiração, te amo hoje e eternamente.

Gratidão ao Roberto Carlos e ao Erasmo Carlos, que deixaram duas de suas partituras fazerem parte desta história.

Gratidão ao maestro João Carlos Martins, que me presenteou com um lindo e emocionante prefácio.

Andreia Lopes Verbanoglo, obrigada por ser minha mãe, tenho muito orgulho de ser sua filha, sua garra me ensinou a ser forte e a enfrentar de cabeça erguida as dificuldades da vida.

Minhas irmãs, Mariana, Fernanda, Kamila, Laura e Thauane, obrigada por serem quem são e por serem minhas irmãs. Meu pequeno príncipe, meu irmãozinho Daniel, obrigada por trazer mais alegria à nossa família. À minha pequena princesa Sofia, que me mostrou o doce prazer de ser tia.

Obrigada, Edmeia, por ser minha avó querida, que, mesmo com esse jeito leonino, tem um bom coração.

Claro que não poderia deixar de agradecer àquelas pessoas especiais que **DEUS** colocou em meu caminho, cada uma com uma missão e participação extraordinária em minha vida: Jaime Sirena, Ubirajara Guimarães, Fernando Verdasca, Fernando Verdasca Antunes, Marlene Querubim, Ney Marques, Cristiane A. S. de Assis Oliveira,

Helena Aristides, Valéria Luisa, Bianca Zanotti, Jessica Ferraz, Cláudia Romano, Chaim Zaher e Áurea Oliveira.

Quero agradecer aos meus professores Maria Helena, Eunice Oliveira, Marina Megale, Carlos, Chico, Luciana, Sônia, Gilma, Simone, Regiane, Fátima e Vânia, à diretora Neuza Magri, à coordenadora Berenice Amorim e a tantos outros que fizeram parte do meu crescimento e me ensinaram o jogo da vida.

Quero fazer um agradecimento muito especial às pessoas que eu amo e amarei infinitamente, que hoje se encontram no céu cuidando de mim e iluminando o meu caminho: minha avó, Rute da Silva de Oliveira, meu pai, Alex Sandro da Silva de Oliveira, meu avô, José Carlos Verbanoglo, e o meu papito do coração, Geraldo Soares de Oliveira.

Por fim, quero agradecer à Matrix Editora, por confiar no meu trabalho.

Boa-noite, meu querido diário! Meu nome é Camila e acredito que nós seremos grandes amigos, pois tenho certeza de que você jamais vai sair por aí contando os meus segredos. Sei que posso confiar em você totalmente, por toda a minha vida. Vou compartilhar minha história e espero que você a guarde muito bem. Ah, não se surpreenda com as coisas que lhe direi.

Desde que meu papai foi embora eu vivo sozinha nesta velha casa. Não me pergunte para onde ele foi, porque não saberei responder, e, do fundo do meu coração, espero que ele esteja bem e que volte logo. Se alguém desconfiar que não moro com mais ninguém, com certeza vão mandar vir me pegar e me prender em um orfanato, o que não vai ser nadinha bom para mim. Eu sei que uma criança de 12 anos não deve ficar sozinha, mas desde os meus 10 anos estou me virando muito bem e sei que posso continuar do jeito que estou. Não preciso que você me diga que isso é errado. Eu bem sei. Ah, e também não precisa dizer que é errado roubar pão. Eu também sei. Só que as coisas estão ficando cada vez mais difíceis para mim. As pessoas que frequentam o mercado não querem mais minha ajuda para carregar as sacolas – deve ser por causa dos trapos velhos que eu visto, mas o que eu posso fazer se não tenho como comprar roupas novas?

Acho que elas pensam que vou roubar algo delas – tudo bem, eu peguei um pacote de biscoitos de uma senhora, mas fiz isso porque estava com muita vontade de comer biscoitos... Veja bem, nunca mais fiz isso e não me julgue, por favor. Quer saber de uma coisa? Não quero mais conversar por hoje. Boa-noite, querido diário.

Olá! Espero que o seu dia tenha sido melhor que o meu, porque o meu não foi nadinha bom! Vou lhe contar tudo, não vou deixar passar nenhum detalhe. Mas, antes de começar a contar as novidades, vou dizer o seu nome de batismo – eu sei que diários não têm nome, mas você não é só mais um caderninho de anotações banais, você é *meu diário* e quero batizá-lo de Luiggi Benatti. Não faça uma desfeita dessas, Luiggi, seu nome é lindo. Eu gosto, então você também gosta, e sem discussões.

Acordei bem cedo hoje para colher lindas rosas e flores-de-lis. Já estava prestes a realizar a primeira venda do dia para um turista na frente do Museu Nacional do Bargello, quando fui abordada por um guarda feioso e atrevido que veio gritando comigo. Ah, e ainda por cima espantou o freguês, Luiggi. Sério. O abusado começou a me expulsar da porta do museu, pois eu não devia incomodar as pessoas, e falou que as minhas flores eram uma porcaria. Acredita? Mas não deixei barato, não! Gritei e falei que ele é que era uma porcaria e deixei bem claro que eu não era nenhuma amiguinha dele para falar comigo daquele jeito. Policial atrevido que abusa do poder que tem? Isso, sim, é um absurdo. Dei de ombros e continuei a vender minhas lindas flores, o que fez com que ele saísse do sério. Ele começou a gritar feito uma gralha, me chamando de menina imunda. O quê? Essa ofensa foi o fim e joguei a água das rosas na cara dele. Fiz isso, sim, Luiggi – não sou imunda, sou bem limpinha –, mas tive que sair correndo entre os turistas que por ali caminhavam porque, se ele me pegasse, me levaria para uma delegacia, onde iam querer chamar alguém que fosse responsável por mim. Ah, você sabe mais do que ninguém deste mundo que não tenho nenhum parente, certo?

Mas até que foi engraçado, Luiggi! Se você estivesse comigo, iria rir muito: ele corria dizendo que ia me pegar e que eu era uma piolha muito inconveniente. Um verdadeiro idiota, ele, né? Imagine, eu, inconveniente? Só estou tentando ganhar meu dinheiro honestamente.

Só que, nessa brincadeira, perdi todas as flores do cesto quando saí correndo, ou seja, nem preciso lhe dizer que não temos nada hoje para comer além daquele pão velho de três dias atrás. Mas não podemos reclamar, certo, Luiggi? Pelo menos temos algo para comer.

Mas deixe-me contar algo: depois que consegui fugir do guarda, caminhei por alguns minutos, indo pela Via del Proconsolo, que depois segue pela Piazza del Duomo, até chegar à Piazza Santa Maria Novella.

O que eu fui fazer na praça? Ora, Luiggi, eu gosto de ir à praça para pensar e, quem sabe, posso até encontrar o meu papai. Vai saber se ele não perdeu a memória e não está conseguindo voltar para casa... Enfim, olha só o que eu encontrei ao lado do banco da praça: um violino abandonado. Fiquei pensando: quem poderia tê-lo abandonado ou esquecido ali? Antes que você me pergunte se eu o peguei, fique sabendo que eu esperei sentada no banco da praça por meia hora para ver se o dono aparece. E nada... Aí aquele tal guarda surgiu do nada e gritou: "Aí está você, piolha", e eu tive que sair correndo novamente. Não podia deixar o violino para trás, se é que você me compreende.

Mas é claro que eu sei tocar, Luiggi. Não como um profissional, mas sei tocar o básico – você sabia que eu adoro instrumentos musicais? Claro que não, porque nunca te falei! Tchau, Luiggi, você está chato hoje.

****

O dia foi cheio de aventuras hoje, meu amigo, nem te conto o que aconteceu! Ah, você é curioso, Luiggi? Está bem, vou falar, mas não me apresse, porque odeio isso, sou minha própria dona, tá? Então calminha aí. Hoje o meu ponto de venda foi bem na entrada da Catedral di Santa Maria del Fiore, também conhecida como Duomo. Seu magnífico domo é considerado por muitos a mais importante realização arquitetônica da Renascença, ele se destaca na paisagem de Florença. No interior da catedral você encontra janelas com vitrais, afrescos de mestres italianos e um dos mais antigos exemplares de relógio de 24 horas do mundo, ou hora itálica. Para muitos, ver de perto o edifício é o mais impressionante na visita a Santa Maria del Fiore; um dia levo você para conhecer, mas deixe-me te contar primeiro. Um turista brasileiro comprou todas as minhas flores por 100 euros. Você imagina isso? Ele foi muito gentil. Estava acompanhado de uma moça baixa e morena, já ele era alto e bem bonitão, até me lembrei de papai.

Eles foram muito legais comigo! Na verdade, *ele foi legal*; ela, não muito. Acredito que até hoje tenham sido os turistas mais legais que eu abordei desde que comecei a vender flores. O moço me perguntou quanto custavam as flores, e eu disse a ele que se levasse cinco rosas e uma flor-de-lis pagaria só 10 euros. Então ele disse que estavam muito baratinhas para a beleza que possuíam e decidiu comprar todas elas por 100 euros. Eu fiquei muito feliz, mas quem não gostou muito foi a moça; ela achou que era desnecessário gastar 100 euros com as minhas rosas, mas o rapaz disse que só queria me ajudar e que compraria, sim. Na hora fiquei com medo de pegar o dinheiro, pois a moça estava me olhando com cara feia, mas o rapaz pegou em minhas mãos, disse que era meu e falou que eu podia voltar para casa.

Eu entreguei as flores para ele e saí andando. Por um momento olhei para trás e vi que ele entregara as flores para a moça, mas logo percebi que ela não gostou, porque jogou as rosas no lixo e saiu andando, deixando o moço para trás. Como pode, né, Luiggi, existir gente assim? Seria muito bom se só houvesse pessoas boas, mas se Deus criou o mundo dessa forma, quem somos nós para julgar?

Depois disso fui até a Ponte Vecchio, uns oito minutos de caminhada indo pela Via Calimala, e quando eu cheguei lá vi um rapaz tocando violino. Eu fiquei observando o moço – você sabe que eu entendo o básico de notas musicais, mas acredito que tenha aprendido a tocar a canção que ele tocava, pois sempre fui ótima observadora. Eu perguntei a uma jovem japonesa, que estava admirando o músico tanto quanto eu, se ela sabia o nome daquela música. Ela me disse que se chamava *Viva la Vida*, do Coldplay. Eu estava de pé na frente do rapaz. Como ele era? Ora, para que quer saber, Luiggi? Está bem, eu falo: era alto, magro e tinha o cabelo loiro, comprido até a cintura – por sinal o cabelo dele era lindo demais –, olhos castanho-claros, quase mel, e estava usando uma roupa preta, bem elegante, tinha a barba por fazer e dançava conforme ia tocando, fazia movimentos leves, tipo assim, olhe...

Você quer que eu toque a canção que ele tocou? Ooooh, está bem, mas já vou avisando que posso errar, hein?

Você viu só? Eu consegui tocar. Foi assim que ele tocou, fiz direitinho? Claro que eu errei algumas notas, mas acredito que nada grave, certo? Enfim, deixe-me terminar de contar como foi o meu dia. Eu fui dar 15 euros para ele por sua apresentação espetacular, mas o moço recusou; pegou o dinheiro de dentro da caixa e me devolveu gentilmente, dizendo que eu não precisava dar meu dinheiro, que bastava eu estar ali, assistindo. Ainda por cima, fez uma mágica, tirando de trás da minha orelha este lindo girassol. Depois disso eu tive que sair correndo, pois aquele guarda magrelo de quem te falei esses dias anda me perseguindo agora. Ele começou a gritar feito um louco, falando "Ei, menina, é você, vou te pegar hoje", e falando que eu não ia mais escapar dele. Eu sei disso, Luiggi, talvez ele não estivesse atrás de mim se eu não tivesse jogado água na cara dele. Se agradeci ao músico, Luiggi? Mas é claro que sim! Posso ser grossa, mas sei ser educada com quem é gentil comigo. Eu agradeci e disse "Até mais". Ah, sim, me desculpe, Luiggi, vou terminar de contar sobre o guarda perseguidor. Eu saí correndo e peguei um barquinho emprestado que estava encostado na margem do rio Arno. Eu sei que não devia ter feito isso, Luiggi, mas se não fizesse o guarda ia me pegar – ele estava acompanhado de outro policial. Além do mais, foi emprestado, o dono já deve ter achado. Ai, está bem, Luiggi, vai dormir, vai.

Muitas vezes temos que aprender a dançar num ritmo totalmente diferente daquele com o qual estamos acostumados.

No início temos medo do compasso desconhecido, mas, quando pegamos o ritmo da música, passamos a valsar com mais leveza.

Caramba, hoje aconteceu uma coisa que está me deixando com muito medo. Não, Luiggi, você não faz ideia do que eu estou falando. O policial que fica enchendo a minha paciência não me expulsou da entrada do Museo dell'Opera di Santa Maria quando me viu. Aproveitei aquele momento de piedade dele e comecei a vender minhas flores. Poucas pessoas compraram. Depois de um tempo, porém, resolvi ir para outro ponto turístico da cidade, porque talvez, em outro lugar, eu conseguiria vender tudo.

Quando me virei, dei de cara com o guarda parado bem na minha frente. Pensei por um instante que estava ferrada e que não devia ter confiado naquele seu silêncio, mas, para minha surpresa, ele queria comprar uma rosa – não a vendi, deixei de graça, e ele começou a falar umas coisas estranhas, meio sem sentido, sabe? Ele disse que, se pudesse voltar no tempo, faria tudo diferente e se referiu à mãe dizendo que gostaria de ter dito a ela que a amava e que tentaria lhe mostrar que não era do jeito que ela sempre o viu. Eu continuei sem entender o que exatamente o guarda dizia – ele falava olhando para o nada. Então ficou em silêncio e eu resolvi dizer que ele poderia mostrar à mãe o que de fato gostaria de mostrar.

Ele se abaixou para poder ficar do meu tamanho, me chamou de piolha, como sempre, e disse que não tinha mais tempo para bobagens e que era tarde demais para voltar atrás. Eu retruquei, deixando claro que nunca é tarde para fazer algo, que só se torna tarde quando a morte chega. Aí, do nada, ele pegou nos meus braços e disse que a minha hora estava chegando e que meu segredo já estava descoberto. Por um momento tentei manter a calma e não demonstrar o meu pavor diante de suas palavras, e deixei claro que não tinha segredo nenhum. Mas ele disse com todas as letras, Luiggi, que era para eu aproveitar bastante a minha liberdade, porque, em breve, de piolha livre passaria a ser piolha presa. Nisso eu me desvencilhei dele e saí correndo, e ele começou a gritar bem alto: "Vou te pegar, não adianta fugir. Teu *segredo* eu já descobri! Em breve vou te fazer para outro lugar seguir. Não quero nunca mais te ver por aqui! Corra, piolha, corra, rá, rá, rá! Eu vou te pegar. Sinta, pela última vez, o vento teu lindo rosto tocar, rá, rá, rá".

Vim direto para casa, pois, pelo visto, o nosso segredo ele descobriu, sim. Temos que partir! Estou com medo, Luiggi, vamos para bem longe daqui, chegou a hora, prepare-se para fugir. Meu amigo, vamos ser felizes, cansei de apanhar. Ao amanhecer nossa vida vai mudar, acredite, uma fada vai nos guiar. Não sei o que pensar. Será que ele só estava jogando? Ou será que eu fui, aliás, será que nós fomos descobertos? Prefiro nem pensar mais no assunto. Quer saber? Vou tocar uma canção, uma das minhas preferidas daquela linda cantora, Adele, *I Miss You*.

Obrigada, Luiggi, até que eu toco direitinho. Você sabe que esse talento eu puxei de papai: ele tocava violino lindamente, só que o dele era diferente deste aqui que eu achei na praça, o do papai era velhinho. Qual era o nome dele? Meu papai se chamava Felipe, Felipe Benatti – aliás, se chama, porque ele está vivo, tenho certeza disso. Ele vai voltar, aconteceu alguma coisa com ele na manhã em que saiu para trabalhar e eu vou descobrir, ou não me chamo Camila Benatti. Ai, meu Deus, que barulho foi esse? Melhor eu verificar se tudo está trancado. Espere aqui, Luiggi, e fique quieto, por favor. Escutei passos lá fora. Claro que não é meu pai, ele tem as chaves, e, se fosse, ele me chamaria. É algum estranho, acho melhor apagar as luzes e dormir. Amanhã iremos embora daqui, o nosso pequeno lar já não é mais seguro. Fique calmo, Luiggi, eu já sei para onde iremos; agora descanse, meu amigo, tudo vai ficar bem, eu prometo.

****

Luiggi, que saudade eu estava de você! Já faz alguns meses que não nos falamos. Não brigue comigo por isso. Você não imagina o que aconteceu nesse tempo todo. Mas vou lhe contar tudo; tirei o dia para fazer isso, para atualizar nossa conversa e também para matar a saudade. No final, Luiggi, tenho certeza de que você vai até me pedir desculpas caso tenha ficado muito chateado comigo pela falta de comunicação entre nós. Preparado? Ai, que ótimo.

Na última noite em que estivemos juntos, eu lhe disse que estava com medo e que partiríamos para outro lugar, não foi? Então, na manhã seguinte, quando eu ia sair para vender flores, dei de cara com o policial atrevido e com uma senhora que se chamava Maria, diretora do Orfanato Agostini, que fica na Capital di Shikdar Himu Nasir, em Roma. Quando aquele infeliz disse que minha liberdade estava por um fio, devíamos ter ido embora no mesmo dia, Luiggi, mas ainda bem que não fizemos isso, e logo você entenderá o motivo.

    Ele entrou em nossa casa com a mulher, e, por um instante, pensei em sair correndo, mas mudei de ideia quando olhei para fora e vi que havia outros três guardas de olho em mim. Resolvi, então, ficar quieta e não fazer nenhum movimento que causasse mais tragédia. Porém, para piorar minha situação, ele viu o violino e entendeu tudo errado, achou que eu o tivesse roubado e falou que o dono dele era um músico muito influente no mundo e que estava procurando o instrumento *roubado*. Eu tentei dizer que não era nada do que estava pensando, mas ele nem me deu atenção: simplesmente me algemou, me pegou pelo braço e me jogou dentro da viatura, como se eu fosse uma delinquente. A moça até tentou acalmá-lo, dizendo que não precisava de tanto, que eu era só uma criança, mas ele a mandou calar a boca. Aí, sem poder fazer mais nada, ela entrou no carro e fomos para a delegacia.

    Chegando lá, o guarda praticamente me jogou em direção ao delegado e desabei no chão. A moça do orfanato foi até gentil; ela me levantou do chão e pediu ao delegado que tirasse as algemas. Ele fez que sim a ela e pediu para o estúpido me soltar. Ele mostrou ao delegado o instrumento e, logicamente, fui inundada de perguntas: como eu tinha conseguido aquele instrumento etc. Contei exatamente como tinha sido e disse que podia provar a verdade, pois estava registrado no meu diário. De nada adiantou, e começaram a rir de mim, menos a moça, que perguntou se nós podíamos ir. Eu perguntei, me virando para ela: "Como assim, *nós?*". Ela respondeu, em tom sereno, que eu iria viver em seu pequeno orfanato. Eu disse que não iria, não, que voltaria para minha casa. Comecei a andar em direção à porta, mas o delegado me puxou pela blusa e disse que eu iria com a senhorita, sim, pois, caso não fosse, ficaria presa na delegacia, e perguntou o que eu preferia. Antes de responder, observei todos que ali trabalhavam e, ao olhar para a cara feia daquele delegado sorrindo para mim de um jeito que me deu arrepio de medo, disse rapidamente que iria com Maria – eu me soltei dele e dei a mão para ela. Uma viatura nos levou até o orfanato para garantir que eu não fugiria. Depois de três horas e vinte minutos de viagem, chegamos ao orfanato. Os policiais nos acompanharam até a porta para que eu não corresse, mas, mesmo que quisesse, não faria isso porque estava muito cansada, física e mentalmente.

Fui apresentada pela Maria às outras meninas que viviam ali. Ao todo eram onze, e todas eram mais velhas que eu, o que me deixou com certo medo, mas, claro, não deixei transparecer. Maria me apresentou às funcionárias do orfanato: Luzia, a moça que trabalha no horário da manhã como professora; a senhora Antonia, responsável por manter o lugar em ordem; e Clara e Antonieta, as cozinheiras. Ao terminar as apresentações, Maria pediu a Antonia que me mostrasse o quarto onde eu iria ficar e que me entregasse o uniforme do local. Antonia me pegou pela mão e logo começamos a subir uma escada em caracol até chegar ao quarto onde eu iria dormir.

Vá você pensando que era só meu, Luiggi – nada disso! Era meu e das outras onze garotas. Antonia me mostrou o banheiro e me entregou a roupa que eu teria que usar dali em diante: um vestido azul-marinho de manga longa para o frio e um de manga curta para os dias quentes, um sapato preto que havia ficado um pouco apertado dos lados e um avental, que eu não entendi para que era. Então ela disse que era para fazer a limpeza. Eu fiquei indignada com isso e disse que o local tinha que ter alguém que fizesse a faxina, não? Aí ela soltou uma gargalhada e depois falou em tom sério que eu não estava em um hotel cinco estrelas, mas, sim, num orfanato. Antes de sair do quarto, apontou para a cama que dali em diante seria minha. Que infelicidade! Por um minuto eu tive raiva de papai, mas o que eu não imaginava era que iria me arrepender de ter tido esse sentimento por ele.

Naquele lugar horrível existia horário para tudo: às cinco da manhã, todos deveriam estar de pé; às seis, café no refeitório; às sete, todo mundo na sala de aula; no período da tarde, deveríamos limpar o orfanato. As tarefas eram divididas em grupos, e Antonia me colocou no grupo cuja líder era uma adolescente de 15 anos que se chamava Kiara.

Kiara proibiu as outras meninas de falarem comigo e ordenou que eu lavasse os lençóis sozinha. Eu retruquei dizendo que não e chamei Antonia para resolver a situação. Para minha surpresa, ela me empurrou contra o chão e disse que eu faria tudo sozinha, sim. Então desafiei Antonia, dizendo-lhe que contaria tudo para Maria, mas, para minha infelicidade, Luiggi, ela deixou bem claro que Maria havia viajado para a Suíça, e as duas saíram da lavanderia às gargalhadas.

Se eu chorei? Claro, e muito. Fiquei horas ali, lavando inúmeros lençóis na mão, e, por causa disso, alguns dedos ficaram bem machucados, em carne viva – com certeza vão virar belos calos. Se a Emilia não tivesse aparecido para me ajudar, eu só teria terminado no ano seguinte. Emilia é uma garotinha muito amável; ela não tem parentes, vive no orfanato desde que se conhece por gente. Enquanto lavávamos os lençóis, ela me contou como era sua vida nesse lugar horrendo. Disse que Kiara faz *bullying* constantemente com ela, chamando-a de feia, quatro-olhos e horrorosa. Emilia me disse também que, quando as meninas resolvem brincar de princesa, sempre a colocam para ser a bruxa malvada, porque falam para ela que jamais será uma linda princesa quando crescer. Achei isso tão pesado, Luiggi, fiquei com dó da doce Emilia.

Depois de alguns minutos conversando com ela, resolvi deixar aquele momento divertido e leve, então começamos a brincar entre um lençol e outro. Até criamos uma linda canção. Escute só, Luiggi:

Emilia, querida!
Podemos de tudo um pouco brincar
Posso ser princesa, sereia, herói ou até Gaspar
Aladim? Assim, podemos voar
Camila, querida!
Quero meu segredo compartilhar
Sou uma fada encantada
Em Cinderela hoje vou te transformar

Quando finalmente terminamos de lavar os lençóis, Emilia desceu para comer um lanche e eu fui para o banho. Só que apareceu a Antonia e disse que eu ia tomar banho frio. Perguntei para ela, numa boa, o motivo.

Ela simplesmente disse que era castigo e me empurrou para o chuveiro com roupa e tudo. Ai, se eu pudesse, Luiggi, daria na cara dela, juro! Mas jamais faria isso, claro, porque tenho respeito pelas pessoas mais velhas, né? Depois daquele banho horroroso, percebi que já era hora do jantar e desci para comer. Ah, que saudade que me deu dos pães velhos, Luiggi! A comida era um caldo que parecia água de esgoto com pé de galinha – arrgh! O que mais me deixou intrigada, porém, foi o prato de Kiara e de suas duas parceiras, Lea e Alessa: elas estavam comendo macarronada com bife. Ora, por quê? Eu observei ao meu redor e vi que as outras garotas eram muito magrinhas, os olhos fundos e com olheiras, e todas tomavam aquela sopa rala com muita vontade, mas ficavam de olho mesmo é no prato de Kiara, Lea e Alessa, até passando a língua nos lábios. Fiquei tão revoltada que perdi o apetite e subi para o quarto. Acho que nunca chorei tanto como naquele dia, Luiggi.

******

O mundo se apresenta muitas vezes como um enorme bicho-papão, pronto para engolir você. Mas, por incrível que pareça, ele ainda pode ser generoso.

Certa manhã, um moço foi ao orfanato para falar comigo. Por um momento eu achei que era meu papai, sabe, Luiggi? Eu estava na sala de aula quando Antonia disse que alguém aparecera à minha procura e que se encontrava na sala de visitas. Saí em disparada direto para a sala, e só pensava enquanto corria em direção à porta – que naquele momento parecia estar a quilômetros de distância: "Finalmente vou embora deste inferno. É meu pai, eu sabia que ele voltaria". Mas, ao abrir a porta, dei de cara com um desconhecido e a minha esperança foi embora rapidinho...

Antonia, que apareceu do nada, me apresentou ao moço de nome Pedro. O rosto dele era familiar, mas não conseguia me lembrar de onde o conhecia, até que ele falou uma coisa que fez com que me lembrasse dele, além do sotaque, que era meio esquisito. O homem me olhou e disse: "Oi, menina das flores", então me lembrei dele – era o brasileiro que havia comprado todas as minhas flores de uma só vez. Antonia se retirou da sala, deixando-nos a sós, e eu fui logo perguntando, num tom de poucos amigos, o que ele queria de mim. Ele disse para eu ficar calma, que só queria me agradecer. Depois dessa, muito surpresa e com um tom mais suave, disse que não tinha entendido o motivo do agradecimento. Então ele me mostrou o tal violino que havia ficado comigo por alguns dias.

Aproveitei para lhe dizer que não tinha roubado o instrumento, e sim que o havia encontrado ao lado do banco. Antes que eu terminasse de falar, ele disse que sabia que eu não o tinha roubado. Perguntou se eu sabia tocar; balancei a cabeça dizendo que não, mas ele pareceu não acreditar em mim e perguntou se eu queria tocar um pouco. Não respondi, não. Fiquei só olhando com a expressão de uma menina que queria entender o que estava acontecendo. Ele veio em minha direção, pegou em minhas mãos e viu os calos em meus dedos. Rapidamente puxei as mãos, escondendo-as, mas ele perguntou o que tinha acontecido para eu estar com os dedos machucados daquele jeito.

Por um momento pensei em falar, mas tive medo, então lhe disse que, se havia ido até ali para agradecer, já tinha conseguido seu objetivo e que podia ir embora. Quando me virei em direção à porta, ele me segurou pelo braço e falou que queria me agradecer de alguma forma, porque se o violino não tivesse ido parar em minhas mãos talvez ele nunca mais veria o seu Stradivarius de novo. Eu perguntei: "O seu o quê?!". Ele sorriu, dizendo que eu estava de brincadeira. Continuei olhando para ele com cara de ponto de interrogação, então ele pediu que eu tocasse. Pegou o violino e disse com doçura: "Toque para mim, Camila". Não respondi, continuei parada feito um poste, então ele disse que tocaria uma canção do cantor Lenine, *O Silêncio das Estrelas*.

Ele tocou tão lindamente, Luiggi... Eu não conhecia a canção nem o cantor, mas me apaixonei por toda aquela suavidade sonora. A música encheu de paz e esperança meu coração triste. De olhos fechados, eu podia sentir o cheiro da natureza e ver os pássaros voando no céu. Quando ele terminou de tocar, me encarou e disse que era minha vez, que não adiantaria eu continuar dizendo que não tocava porque, segundo as informações que ele teve, essa era outra das mentiras que eu contava. Hoje eu sei que ele ficou sabendo pelo estrupício do policial magrelo.

Olhei o violino e pensei que talvez pudesse ser a última vez que teria a oportunidade de tocar, pois não tinha ideia de quando sairia dali. Peguei o violino das mãos de Pedro e comecei a tocar uma canção que papai sempre tocava, da maravilhosa cantora Laura Pausini: *Incancellabile*.

Tenho certeza de que quando papai tocava essa música seus pensamentos voavam para longe e todas as suas lembranças iam para a mamãe. Quando comecei a tocar, vi nitidamente a imagem de papai sentado do lado de fora da nossa velha casa, tocando a música que mantinha, de certa forma, mamãe viva em seu coração.

Ao terminar de tocar, Pedro estava com um sorriso enorme nos lábios e me perguntou como eu havia aprendido a tocar daquele jeito. Fiquei toda alegre – na verdade, nem percebi que estava sorrindo para ele – e comentei que meu pai era violinista e que me ensinara algumas notas. Pedro me interrompeu, dizendo que eu tocava muito bem. Claro que fiquei muito feliz com o elogio, mas mantive a postura, quando o que eu mais queria era pular de alegria. Ele me perguntou o que tinha acontecido com os meus pais. Por um momento pensei em responder com outra pergunta, para saber o que ele queria, mas resolvi ser gentil, pois ele estava sendo muito legal. Contei que minha mãe morrera durante o parto e meu pai havia cuidado de mim sozinho desde então. Durante a semana, ele trabalhava tocando belas canções para os turistas que iam visitar Florença, e, nos fins de semana, tocava nos bares mais badalados da cidade. Disse-lhe, também, que a última vez que o vi foi quando saiu para trabalhar, um dia antes do meu aniversário de 10 anos: passou pela porta com seu violino, virou-se para mim e disse que ia trazer um presente, mas nunca mais voltou.

Meu pai nunca foi de dizer *te amo*, mas nesse dia ele disse, usando outras palavras, que eu era *única*. Ao lembrar-me disso, fiquei pensando que talvez ele estivesse se despedindo. Sinto muita falta dele. Quando percebi, já estava escorrendo uma lágrima dos meus olhos. Pensar em papai era difícil, ainda mais por não saber nada sobre seu desaparecimento. Pedro secou minhas lágrimas e disse que me devia um favor e que, por isso, tentaria descobrir o paradeiro do meu pai. Por um momento achei que pudesse estar brincando, mas ele reforçou com estas palavras, Luiggi: "Camila, pode acreditar, você achou meu violino, eu vou encontrar seu pai para você". Eu o abracei sem pensar e, quando vi, já estava enrolada nos braços de um estranho, mas um estranho do bem.

Voltei a ter esperança, porque finalmente alguém iria tentar encontrar meu pai. Pedro me perguntou se eu tinha alguma foto dele. Na hora respondi que havia sido levada para o orfanato sem nada, mas que na casa onde vivíamos havia algumas, sim. Passei o endereço da velha casa que eu tanto queria ver novamente, nem que fosse por um segundo, mas que já não tinha certeza de que isso fosse possível, Luiggi.

****

Pedro partiu direto para Florença no mesmo dia, pois estava determinado a encontrar meu pai, e, ao chegar à cidade, foi direto para o endereço da minha casa. Ele começou a olhar cuidadosamente cada cantinho, mas um pequeno diário chamou sua atenção e ele o pegou. Abriu e viu que a letra que estava ali era tão linda quanto a de um anjo, segundo ele me disse, Luiggi.

Ele começou a ler e, conforme ia virando as páginas, emocionava-se com o que estava escrito. Por um instante pensou sobre o que seria de mim se não encontrasse o meu pai vivo. Preferiu pensar positivo e que o encontraria com vida. Guardou o diário – no caso, você, Luiggi – em sua mochila e começou a revirar algumas fotos, que na verdade eram poucas, a maioria era de papai comigo, e encontrou algumas dele ainda menino. Por um momento Pedro pensou conhecer meu pai, mas seria impossível porque papai sempre morou na Itália e Pedro nunca tinha visitado nosso país quando era criança.

Pedro não percebeu que havia passado horas ali, remexendo em fotos e papéis que pudessem levá-lo ao paradeiro de Felipe, nome do meu pai, e, cansado, acabou dormindo no meio de tudo aquilo. Nem se deu conta de que havia deixado o celular no silencioso e que, por isso, não percebeu quanto ele vibrou no fundo de sua mochila. Ao amanhecer, ainda sonolento e sem entender como tinha dormido tanto, guardou algumas coisas que havia achado importante ter com ele para fazer as buscas. Ao pegar o celular para ligar para a namorada e avisar que estava tudo bem com ele, viu que a bateria tinha acabado e saiu correndo entre as árvores até chegar a um local em que pudesse pegar um táxi para voltar ao hotel o mais rápido possível.

Ao chegar ao hotel Palazzo Magnani Feroni, foi direto para a suíte onde estava hospedado com Eduarda, em Florença. Era esse o nome da moça que não gostou nadinha quando Pedro pagou pelas rosas, lembra, Luiggi? Ao abrir a porta, porém, Pedro só viu um sapato voar em sua direção – ainda bem que ele conseguiu se desviar, ou ia levar uma sapatada bem no meio da testa.

Depois que Pedro explicou o que tinha acontecido, os dois começaram a discutir em tom ainda mais alto porque Eduarda queria voltar para o Brasil, não queria ficar mais nem um dia na Itália, muito menos para ajudar uma órfã. Não julgo, porque ela não tinha nenhuma obrigação comigo, mas não gostei quando fiquei sabendo das coisas feias que ela havia dito a Pedro (ah, nem vale a pena compartilhar isso com você, Luiggi). Além do mais, está na cara que Pedro merece alguém bem legal. Enfim, vamos deixar para lá... Quero contar o desfecho da briga: depois de muitas agressões por parte da maluca, Pedro achou melhor darem um tempo, porque Eduarda não estava cooperando para as coisas ficarem bem entre eles e o relacionamento já estava mesmo muito desgastado. Para surpresa dele, ela concordou na hora e disse que precisava ver se ainda sentia algo por Pedro. Tal declaração o deixou abalado, porque ele amava a bruaca demais. Isso mesmo que você ouviu, Luiggi, *amava*, mas hoje em dia não a ama mais.

Pedro deixou a suíte e, como bom cavalheiro que é, pagou todos os gastos que ela teve no hotel. Naquele momento mesmo ele trocou a suíte por um quarto simples para passar mais uma noite.

Enquanto Pedro estava triste em Florença, eu estava pastando nas mãos de Kiara e de suas amiguinhas. Agora, elas tinham decidido que eu teria que arrumar as camas e lavar as roupas delas também. Ah, caso eu não fizesse, Luiggi, elas mandariam Antonia me castigar.

Enquanto eu limpava o chão do quarto, resolvi cantarolar um pouco, pois só assim mesmo para aliviar a raiva que estava sentindo. Cantando, eu até conseguia imaginar Pedro chegando com meu pai ao seu lado para me buscar. E isso é que me confortava; só teria que ter um pouco mais de paciência.

****

Guilherme era o nome do senhor que Pedro havia procurado em Roma, capital da Itália, para ajudá-lo nas buscas sobre o paradeiro de meu pai. Era um senhor gorducho, alto e muito bem vestido, mais conhecido como senhor Gui. Ele era frequentador de um dos cafés mais populares da cidade: Gran Caffè La Caffettiera. Após se cumprimentarem, Pedro foi logo ao assunto, dizendo que precisava dele para fazer uma investigação sobre um homem que estava desaparecido havia dois anos. Como ele era um excelente profissional e dotado de um coração muito bondoso, aceitou ajudar e disse a Pedro que precisaria de algumas informações sobre o desaparecido: onde ele havia trabalhado e também seu nome completo. Ah, claro, se tivesse alguma foto, isso ajudaria ainda mais. Pedro disse o nome do meu pai, Felipe Benatti, falou que ele era violinista nas ruas de Florença e contou tudo que eu havia lhe passado.

O senhor Gui disse a Pedro, com um sorriso largo nos lábios, que aquelas informações e as fotos ajudariam bastante, afinal, ele conhecia muita gente em Florença e com certeza algum conhecido iria dar alguma pista do paradeiro de meu pai. Pedro ficou bem animado com o que seu novo amigo havia lhe dito, e foi logo perguntando quando eles poderiam pegar a estrada para Florença. "Hum... três semanas", o senhorzinho afirmou. Era preciso ter um pouco de paciência, pois antes de partir ele teria que organizar algumas coisas bem importantes. Pedro não parecia muito satisfeito, mas, enfim, soltou um suspiro de alívio; daria para esperar. Com isso, a curiosidade do senhor Gui em querer saber mais sobre a relação de Pedro com o desaparecido só aumentou.

Antes que Gui perguntasse qualquer coisa, Pedro foi logo falando sobre mim e ainda disse que queria muito me agradecer de alguma forma, porque eu havia achado o seu violino. Acredita que ele falou que eu era um talento preso em um orfanato? Fofo... Gui, comovido com a história, disse que faria de tudo para encontrar meu pai, por mais difícil que fosse, e pediu para ver uma foto dele. Ao ver a foto, Gui falou que estava com muita esperança de ser bem-sucedido na busca. E, então, deu uma ótima ideia: enquanto eles não partissem para Florença, seria bom Pedro ir me visitar várias vezes para conseguir mais informações. Afinal, quanto mais informações eles tivessem, melhor e mais rápido seria para encontrar meu pai. Pedro até que gostou da ideia do senhor Gui, e, convenhamos, ainda bem, né? Assim, a gente pôde passar momentos bem legais juntos e nos conhecermos melhor. Ah, além de termos feito ótimos passeios. Mas não só por isso, Pedro reacendeu a chama da esperança em mim.

Todos os dias ele ia ao orfanato para me ver. No começo, quando eu o via chegar, pensava logo que já tinha alguma informação importante para me dar e, antes mesmo que ele entrasse na sala de visitas com a senhorita Luzia, eu corria até ele para perguntar se tinha encontrado alguma pista do paradeiro de meu pai. E era sempre a mesma coisa: ele se agachava para ficar da minha altura e dizia, olhando dentro dos meus olhos, que ainda não encontrara nada. Até que um dia, depois dessa cena toda, e da mesma resposta sobre não ter nenhuma novidade, ele disse que tinha vindo fazer uma coisa que eu com certeza iria gostar muito. E, sem dar nenhum detalhe a mais, entrou na sala da diretoria acompanhado da Luzia, como sempre, e da Antonia, que apareceu do nada e fechou a porta na minha cara. Eita mulherzinha mal-educada, viu, Luiggi?

E aí, depois da raiva, fiquei pensando, por alguns instantes, do que eu poderia gostar muito além de saber sobre meu pai. Não pensei numa resposta aceitável, então resolvi me sentar na poltrona em frente à sala para aguardar o Pedro. Depois de uns vinte minutos, ele saiu da sala todo sorridente. Eu logo pensei que, afinal, ele havia conseguido uma liberação para eu voltar para minha velha casa, localizada em uma das mais belas cidades da Itália, mas não era isso, não. Eu não voltaria para Florença tão cedo. Pedro, porém, disse todo empolgado que a dona Antonia o havia liberado para me levar passear nos últimos três dias dele na capital.

Por um instante pensei que seria ótimo e que poderia fugir quando estivéssemos passeando, mas logo desisti da ideia. Seria feio demais fazer isso porque, afinal, Pedro estava sendo bem legal comigo e poderia ser responsabilizado pela minha fuga. Antonia perguntou se eu queria ir e, claro, respondi rapidinho que *sim*, que seria ótimo sair um pouco daquele orfanato fedido. Pedro disfarçou o seu riso e logo jogou uma frase em cima da minha malcriação, dizendo: "Vamos, marrentinha". Antes de sairmos,

Antonia não perdeu a chance de me ameaçar. Ela me pegou pelo braço e disse que chamaria a polícia para Pedro, caso eu abrisse a boca sobre as coisas que ela fazia comigo junto com as três insuportáveis. Ah, Luiggi, e ainda fez questão de deixar bem claro que só estava permitindo o meu passeio porque Pedro era muito famoso no ramo da música. Disfarçando com um sorrisinho bem cínico, determinou que ele deveria me trazer de volta às 19 horas, sem atraso. Ele concordou e saímos.

Ar fresco! Nem acreditei que estava vendo pessoas novamente, e isso porque não tinha nem três meses que eu estava trancafiada ali dentro. Sentir a brisa tocar minha pele foi como sentir uma paz passar por mim, fazendo meu coração ter a certeza de que não ficaria por muito tempo naquele lugar horrível.

Perguntei a Pedro aonde iríamos e ele falou que me levaria para conhecer vários lugares. Nossa primeira parada seria no Castel Sant'Angelo, também conhecido como Mausoléu do imperador Adriano, que já havia sido usado como edifício militar na época do Império Romano, como fortaleza dos papas no período medieval e como prisão na época dos movimentos pela unificação da Itália. Eu adorei a ideia, porque não conhecia nenhuma cidade da Itália além de Florença. Na verdade, eu passeava bastante pelas outras cidades, mas só através dos meus livros. E agora, passeando com o Pedro nesses três dias, iria ter uma verdadeira aula de História. Ele tinha alugado um carro para fazermos os passeios do dia e lhe perguntei quais seriam os outros lugares. Ele começou a dizer, todo empolgado, que depois partiríamos para a Piazza del Popolo, uma das mais importantes praças de Roma, que foi modificada diversas vezes pelos pontífices; a última foi feita por Giuseppe Valadier, importante nome do Neoclassicismo, sem falar que abriga três igrejas: Santa Maria del Popolo, ao lado da Porta del Popolo, bem onde Nero morreu, e as gêmeas Santa Maria in Montesanto e Santa Maria dei Miracoli. Do lado oposto da praça, duas lindas fontes: Fontana della Dea di Roma e, do outro, Fontana del Nettuno. E bem ao centro tem o Obelisco Flaminio, trazido do Egito para Roma pelo imperador Otaviano Augusto, circundado por quatro leões de mármore.

Sim, este seria um dia de passeio maravilhoso planejado por Pedro. Eu me diverti muito vendo esses cartões-postais do meu país. Até parecia que Pedro e eu nos conhecíamos há muito tempo, Luiggi. Quem olhava para a gente achava que ele era meu pai de verdade. Ah, e eu nem sabia que ele era tão famoso; minha ficha caiu mesmo quando as pessoas chegavam perto e pediam para tirar foto com ele. Não deu outra, né? Pedro teve que me contar um pouco sobre sua vida e como tinha se apaixonado pela música. Ele me disse que o estalo foi quando chegou um dia da escola e viu sua tia tocando violino. Aquilo mexeu de tal forma com ele que naquele dia mesmo começou a estudar para ser um grande violinista e também um pianista. Antes que eu perguntasse quem da família dele tocava esse instrumento maravilhoso, que é o piano, ele disse que aprendera com sua mãe e o seu pai. E sabe o que mais? Hoje em dia, essa é uma das melhores lembranças que ele traz na vida.

Quando perguntei se os pais dele eram vivos, Pedro soltou um suspiro bem fundo e falou que seus pais tinham falecido num acidente de moto quando ele tinha 15 anos. Desde então, sua amada tia Elena o levara para morar com ela, e foi essa convivência que o fez se encantar com o violino. Depois desse desabafo, ele achou que seria melhor almoçarmos no restaurante Coffee in Castel Sant'Angelo, antes de partirmos para a Piazza del Popolo.

O dia estava sendo perfeito... Já nem lembrava mais como era bom ter alguém de verdade, com sentimentos, para conversar, Luiggi. Ah, e não precisa ficar chateado com isso; gosto de conversar com você, mas não é a mesma coisa. Sabe, por um momento pensei como seria minha vida se Pedro fosse o meu pai. Não que eu não ame meu pai, imagine. Eu o amo muito, mas papai sempre foi fechadão; conversava comigo mais através do violino, quando me ensinava algumas notas e canções. Às vezes, quando ele queria, falávamos do nosso amor de pai e filha quando brincávamos de procurar um montão de borboletas de diferentes cores.

Mas nem todo mundo consegue entender por meio de notas musicais ou de lindas borboletas coloridas. Eu entendia, sim... Agora, se você não entende, diga o que sente sem ladainha.

****

Quando chegamos à praça, Pedro resolveu carregar-me de cavalinho. Ri e depois estranhei. Afinal, eu não era mais uma menininha, certo?

Isso me fez lembrar de papai, pois era desse jeito que ele me levava para a escola, e eu amava muito esse nosso momento. Ele não era de dar abraços – acabava demonstrando o seu amor com pequenos gestos como esse.

Pedro é um rapaz muito legal, Luiggi. Sei que seus futuros filhos vão ter sorte. Ele é muito palhaço, sabe? Nós nos divertimos bastante nesses três dias. Ele me ensinou a tirar fotos e também a ter uma visão poética ao fotografar. Com isso, eu não só via a beleza do local, mas o registrava de uma maneira maravilhosa, com outro olhar. Confesso que esses três dias fora do orfanato para passear com Pedro foram incríveis, em que pude me distrair e esquecer por horas o lugar horrível em que ainda teria que viver até meu pai ser encontrado.

Ah, espere, Luiggi... Já ia me esquecendo de falar dos outros lugares que conheci em Roma com o Pedro. No segundo dia, fomos conhecer nada menos que o famoso cartão-postal Coliseu, que foi construído nos anos 70 d.C. A construção era utilizada pelos romanos para realizar combates de gladiadores, lutas de animais, execuções, batalhas navais, caçadas etc. Incrível de lindo! Depois fomos ao Arco de Constantino, que fica entre o Coliseu, que eu amei conhecer, e o Palatino, onde Pedro tirou lindas fotos minhas com o violino. Não sei se você sabe, Luiggi, mas o Palatino é uma das sete colinas de Roma, uma das partes mais antigas da cidade. Segundo a lenda, Roma teve origem exatamente nessa colina, sede das residências dos aristocratas na época republicana e no período imperial de Roma.

Pedro resolveu até fazer uma pequena apresentação aos turistas que estavam por lá, acredita? Ele tocou a linda canção do Bobby Solo, *Se Piangi Se Ridi*. Estava tudo indo superbem até que o pior aconteceu: ele pediu que todos os turistas ficassem mais um pouco para me ouvirem tocar. Não acreditei quando ele falou isso, sério! Nunca havia tocado para tanta gente assim; só mesmo para você e para o Pedro. Mas não tive saída... O jeito foi pegar o violino e tocar duas canções que decidi ali, na hora: uma do cantor Pino Donaggio, *Io Che Non Vivo Senza Te*, e a outra, de Andrea Bocelli, *Vivo Per Lei*. Olha, Luiggi, confesso que adorei tocar para aquelas pessoas; elas estavam curtindo minha música de verdade. Ah, e o Pedro fez questão de falar ao final que essa tinha sido a primeira apresentação de muitas que eu iria fazer. Maluco...

Depois, ele perguntou se eu tinha algum parente que pudesse ficar comigo enquanto ele investigava o paradeiro do papai em Florença. Eu disse: "Não sei se existe alguma tia ou tio por aí. Meu pai nunca compartilhou isso comigo". Pedro, então, perguntou se eu já tinha conversado com meu pai sobre meus parentes. Claro que a resposta foi "sim". Lembro que um dia meu pai me levou para passear no Jardim da Íris, em Florença. Enquanto tomávamos sorvete sentados no banco do jardim, não tinha como não reparar nas famílias que por ali passavam rindo e brincando. Aí, não deu outra, eu perguntei de surpresa se ele tinha algum tio, materno ou paterno. Na hora eu percebi que ele não gostou nem um pouco da minha pergunta. Aliás, ele detestava falar sobre esse assunto, sabe, Luiggi? Tanto que meu pai tentou desconversar várias vezes quando o assunto era família, mas eu continuei perguntando se tinha alguma avó, avô, tia ou tio, alguém... Ele até tentou mudar de assunto pedindo para falarmos disso em outra ocasião, mas eu insisti dizendo que ele sempre fazia isso: ou porque era hora de dormir e não dava para conversar, ou porque ele não queria falar sobre o assunto mesmo e pronto. Ah, mas eu me levantei brava do banco e o encarei dizendo que ele precisava falar alguma coisa, porque eu tinha todo o direito de saber. Afinal, eu era muito sozinha e seria legal ter parentes para visitar nas férias.

Parece até que um filme passou pela minha cabeça: vi de novo meu pai me fitando nos olhos com um olhar de repreensão, aí soltou um suspiro bem forte, desistiu de me encarar por alguns minutos e passou a olhar para o céu. Percebi que em sua face escorria uma lágrima bem grossa e me dei conta de que aquele assunto era algo delicado demais para ele. Depois me aproximei, passei a mão em seu rosto e disse para esquecer; que não precisava falar se não quisesse e que eu respeitaria sua decisão. Ele voltou a me encarar e disse que não queria falar mesmo, mas que eu tinha todo o direito de perguntar e saber logo de uma vez o que tinha acontecido com os meus avós.

Ele pediu que eu me sentasse no banco de novo e começou a dizer que, em certa manhã, ele pegou sua van, colocou mamãe – que estava grávida de mim de sete meses – dentro do carro e os dois saíram para buscar meus avós paternos e maternos e a minha tia, irmã dele, pois minha mãe era filha única, para um passeio secreto. Secreto, Luiggi, porque ninguém sabia para onde estavam indo. Era, na verdade, uma surpresa bem legal para todos, principalmente para minha mãe, pois ela era louca para conhecer a Ilha de Capri – e era para lá que eles estavam indo. Papai falou que todos pareciam muito felizes e, claro, loucos para descobrir onde Felipe, meu pai, os levaria. Em um determinado ponto da estrada, do nada, surgiram dois cachorros e, quando ele foi tentar desviar deles, o carro capotou, matando de imediato meus avós paternos e maternos e a irmã dele.

Mamãe ficou muito ferida; meu pai contou que nunca tinha visto alguém lutar tanto pela vida. Só que, com o choque, ela entrou em trabalho de parto e, logo depois que deu à luz, não aguentou mais lutar e faleceu. Não chegou nem a me conhecer... Assim, eu nasci prematura de sete meses e fiquei na incubadora por três meses. Naquele momento, era minha vez de lutar pela vida. Com lágrimas nos olhos, ele disse que eu era uma lutadora vitoriosa.

Depois disso, eu o abracei bem forte. Finalmente fiquei sabendo da verdadeira história dos meus parentes. E ele disse ainda que entenderia se eu o odiasse – imagine. Nunca, né, Luiggi? Tentei falar para meu pai que havia sido só mais uma fatalidade do destino e que ele não tinha culpa de nada. Mas acho que não adiantou. Logo em seguida, ele falou que sempre se sentiria culpado pelo que aconteceu, que teria de viver com essa culpa para sempre e que jamais se perdoaria. Muito triste...

Nesse dia eu entendi por que papai era uma pessoa tão fechada. Não era por ser reservado, mas, sim, por causa da infelicidade e do peso da culpa que ele trazia em seu coração. Disse para o Pedro que, depois que papai me revelou toda essa história, não quis fazer mais nenhuma pergunta sobre meus parentes. Assim, se por acaso tivesse sobrado alguém por aí, eu não saberia lhe dizer.

A lição mais difícil de aprender na estrada da vida é perdoar alguém que nos tenha feito mal ou nos machucado. Acredito, porém, que é muito mais difícil perdoar a si mesmo pelos erros cometidos ou por ter sido o grande protagonista de uma fatalidade da vida. Mas eu lhe garanto, meu amigo, que perdoar alguém ou perdoar a si mesmo é algo libertador. E acredito que, se as pessoas começassem a praticar essa difícil tarefa, o mundo teria, com certeza, pessoas mais felizes.

****

No terceiro dia, Pedro falou que iria me levar a dois lugares dos quais eu gostaria muito. Um deles em especial, pois faria com que eu olhasse a vida de outra maneira, Luiggi. Primeiro, nós fomos à Basilica di San Giovanni in Laterano, a catedral do bispo de Roma, do papa. O nome oficial, em latim, é *Archibasilica Sanctissimi Salvatoris*, e é considerada a "mãe" de todas as igrejas do mundo. Como catedral da diocese de Roma, é ali que se encontra o trono papal (Cathedra Romana), o que a coloca acima de todas as igrejas do mundo, inclusive da Basílica de São Pedro.

O Obelisco Laterano, que muita gente conhece como Obelisco de Latrão ou Obelisco Lateranense, fica na praça, na parte de trás da igreja, e foi construído na época dos faraós Tutmósis III e Tutmósis IV no século XV a.C. Ele é proveniente do templo de Amon em Tebas, no Egito, tendo sido transportado para Roma pelo imperador Constantino II no ano 357. Baita aula de História, não, Luiggi? Eu gostei bastante, até assistimos à missa ali, e depois eu pude acender uma vela ao anjo da guarda do papai para protegê-lo onde estivesse e, claro, para que o trouxesse de volta para, juntos, retomarmos a nossa vida em nossa amada e velha casa. Pedro também acendeu uma vela, pedindo que Deus o iluminasse nas buscas e encontrasse meu pai bem. Depois do almoço gostoso que tivemos no restaurante Trattoria da Domenico, fizemos nossa última parada em Isola Tiberina, uma ilha em forma de barco bem no meio do rio Tibre, no centro de Roma. Ah, escuta esta, Luiggi: dois terços da ilha são ocupados pelo Hospital Fatebenefratelli, em frente à Basilica di San Bartolomeo.

Pedro, então, disse que nossa missão era sair entregando flores a todos os doentes que estavam no hospital. E ele pediu que eu mostrasse como chegar a essas pessoas para entregar-lhes as rosas. Eu dei risada quando ele disse isso. Imagine... um homem grande estava pedindo para uma menina de 12 anos ensiná-lo como fazer algo. Ah, para falar a verdade, não levei a sério e achei que ele estava tirando uma onda comigo. Por fim, ele falou que era sério mesmo e que era para eu parar de rir. Então, peguei um buquê e disse que não sabia direito como fazer aquilo também porque, na verdade, eu as vendia e não as entregava de graça, e que seria a primeira vez que entraria num hospital para fazer aquilo. Ele, então, achou melhor entrarmos logo e tentarmos juntos fazer a entrega de flores. Na verdade, porém, ele não fez nada; só ficou me observando entregar as rosas. Um tempinho depois, ele veio até mim e disse que o ambiente tinha ficado com outra *energia*. Estranhei aquelas palavras e perguntei que tipo de *energia* era aquela que ele sentira. "Ah", ele respondeu, "a mesma de quando um anjo chega a um local onde as pessoas estão preocupadas ou tristes e cansadas de sofrer. Ele simplesmente faz todas elas sorrirem, e sabe por quê? Porque estão ganhando uma rosa de uma menina vestida com roupas velhas e um lenço que parece ter 100 anos, e que, com um sorriso singelo, lhes diz que Deus as ama muito, que tudo vai ficar bem e que Ele mandou essa linda rosa para aquecer o seu coração aflito".

Luiggi, eu nem sabia o que dizer diante daquelas palavras de Pedro, juro. Só sei que elas chegaram de uma maneira diferente ao meu coração. Percebi que estavam chegando da mesma maneira também para aquelas pessoas que estavam ali por alguma razão. Assim, por alguns segundos, eu as observei e pude ver um pouco de esperança nos olhos de cada uma delas, principalmente daquelas que choravam por razões desconhecidas para mim, fazendo o meu problema tornar-se muito pequeno.

Muitas vezes nos tornamos egoístas ao não percebermos as dificuldades alheias. Mas, para reverter isso, podemos nos tornar verdadeiros anjos por meio de pequenos gestos quantas vezes quisermos.

****

Foram três dias bem marcantes em minha vida, Luiggi. Mas tinha chegado a hora, finalmente, de Pedro e o senhor Gui pegarem a estrada em direção a Florença. Como saíram bem cedinho, puderam contemplar o nascer do sol, que veio acompanhado de imensas colinas e campos de girassóis por todo o caminho.

Ao chegarem à minha cidade, pararam para tomar um café da manhã reforçado no Nobile Bistrò. O lugar não foi escolhido à toa, não. Estavam ali observando o movimento e perguntando para todos que passavam se alguém ali já havia visto meu pai. Mostraram uma foto dele a alguns funcionários, que afirmaram nunca tê-lo visto. Gui não desanimou, não, e sugeriu que eles fossem a mais bares e restaurantes ao anoitecer. Pedro concordou na hora, pois o senhor Gui já tinha sido investigador de polícia antes de se aposentar; ele entendia muito sobre o assunto.

Ao anoitecer, os dois foram até o Bar & Enoteca Fuori Porta, que fica na Via del Monte alle Croci. Falaram com o responsável pelo local, que confirmou: meu pai havia tocado algumas vezes lá, sim, mas já fazia uns dois anos que não era visto nas redondezas. As informações não eram boas, mas tudo bem, afinal era o segundo local que eles visitaram e tiveram pelo menos algum indício de que meu pai fora visto lá. Depois, ainda foram a mais cinco locais: no Birbacco, Caffe Mambo, Casa del Vino, Chalet Fontana e Dolce Vita, também sem sucesso. Os quatro primeiros já não o viam havia dois anos e meio, e o Dolce Vita, pelo menos dois anos. Todos comentaram que meu pai não aparecera nem para receber o pagamento; simplesmente sumira sem nem um telefonema para dar satisfação.

Pedro, com isso, começava a apresentar sinais de cansaço por não conseguir nenhuma informação nova ou algo que levasse a uma pista. Percebendo isso, o senhor Gui deixou bem claro para Pedro que não seria algo fácil. Que tanto poderia levar um ou mais dias ou simplesmente, na pior das hipóteses, alguns meses ou até anos sem sequer uma pista certeira. Pedro, que estava curvado com as mãos sobre os joelhos, suspirou pesadamente e disse a Gui que eles tinham que achar qualquer coisa que fosse para que pudessem me dar ao menos uma informação. Qualquer coisa que uma menina da minha idade pudesse entender...

****

Enquanto isso, Luiggi, as três malvadas do orfanato, Kiara, Lea e Alessa, não me davam folga. Até as lições de casa que a professora Luzia passava, eu é que tinha de fazer para as folgadas. E ai se eu não fizesse, Luiggi. Elas corriam para contar para a Antonia, que era bem capaz de arrancar meu couro cabeludo. Que mulherzinha horripilante! Como alguém pode ser tão mau-caráter desse jeito? Tive que lavar os banheiros sozinha, além de arrumar a cama das bonecas e, ainda por cima, aturar Antonia dizer que nada estava bem-feito. Mas tem uma hora que a gente não aguenta, e meu sangue não é de barata, não é mesmo? Comecei a falar um monte para ela. Pronto! Chamei-a de insuportável e disse que contaria tudo à diretora Maria assim que ela voltasse de viagem. Afinal, não era certo o que elas estavam fazendo comigo.

Antonia me pegou pela gola do vestido – que por pouco não rasgou – e gritou: "Quero ver você dizer uma só palavra, menina! Quer perder a língua, é? Eu vou falar para a Maria que você gosta de inventar histórias. E ela vai acreditar em mim, não na palavra de uma órfã. Cai fora".

Nesse dia ainda, Luiggi, eu soube bem o que era levar um tapa forte na cara, pois Antonia deu um em mim, de mão cheia. Foi tão forte que meu rosto ficou com a marca de sua mão por horas. E não parou por aí. Não satisfeita, ela ainda quis ter o prazer de me colocar de joelhos sobre os grãos de feijão, e disse algo que me deixou com mais medo dela, Luiggi. Disse que todos os dias da minha vida seriam como um pesadelo sem fim. Que eu era uma criança tola e que meu pai nunca mais ia voltar. Mas você pensa que eu fiquei quieta, Luiggi? Ah, não, não... Retruquei, perguntando por que tanto ódio por mim. Nunca lhe fiz nada – pelo menos que eu me lembrasse. E ela respondeu dizendo que em seu coração não habitava mais amor nem piedade havia muito tempo.

Fiquei ajoelhada nos grãos por uma hora sem ter como me esticar um pouco para aliviar os joelhos, porque Antonia simplesmente colocou as três insuportáveis para me vigiar o tempo todo. Quando finalmente pude me levantar daquele sofrimento, quase beijei o chão: minhas pernas estavam doendo demais por ter ficado tanto tempo sem poder me mexer. O castigo deixou marcas, e meus joelhos ganharam as cores roxa e vermelha. E como doíam. A única coisa que eu pensei foi em me sentar para massageá-los, pois, pela cor, pareciam que iam sangrar sem parar. Joguei-me na poltrona que ficava bem no corredor, mas, para minha infelicidade, Antonia ordenou que me levantasse, pois eu teria que fazer a tarefa da outra equipe de meninas porque elas iam estudar naquele momento. Tentei argumentar com ela dizendo que não tinha condições, mas a malvada simplesmente me entregou um balde com água e sabão para lavar todas as janelas do orfanato.

"Tá bom", pensei. Aí, segurei minhas lágrimas só para não dar o gosto da minha tristeza para a Antonia, e procurei pensar em Deus e em toda fé que tinha Nele, esperando que minha dor diminuísse.

E lá fui eu limpar os vidros da sala de jantar onde todas as meninas tinham se reunido para estudar. Emilia até tentou me ajudar na limpeza, mas a bruxa a impediu e ordenou que ela retornasse ao seu lugar. E, ainda, Antonia começou a dizer que quem ousasse responder para ela, como eu fizera, teria o castigo merecido. Demais, não, Luiggi?

Eu respirei fundo e levei meus pensamentos para longe dali, procurando fixá-los num bem maior. Enquanto limpava os vidros, ia observando as pessoas que passavam do lado de fora, vestidas com suas roupas quentinhas. Eu sei, Luiggi, ainda não estávamos na estação mais gelada do ano, mas naquele dia havia esfriado muito. Até o sangue que escorria em minhas veias parecia estar congelando. Deixe-me continuar contando o que aconteceu depois. Eu nem chegara ao último vidro quando desmaiei de cansaço e fome. Sério, só me lembro de acordar na cama, com todas as meninas ao meu redor querendo saber se eu estava viva ou morta. Antonia, claro, me olhava com uma expressão apavorada, mas, assim que me viu de olhos abertos, rapidamente a frieza retornou a seu rosto feio, e foi logo dizendo que no dia seguinte eu retornaria à atividade que não tinha terminado.

Às vezes eu fico pensando, Luiggi, o que pode ter acontecido com ela para ter se tornado tão amargurada.

Ter amargura dentro do coração não lhe dará rosas, mas, sim, verdadeiros espinhos. E esses você terá de enfrentar com imenso vazio e tristeza, sendo muitas vezes a porta de entrada para uma doença.

Pedro e o senhor Gui finalmente conseguiram informações sobre meu pai depois de irem a vários restaurantes. Já não era sem tempo, né, Luiggi? Uma senhora que trabalhava no restaurante La Bottega del Buon Caffè disse que meu pai já não aparecia por lá havia uns dois anos. Disse também, como os outros, que ele tinha dinheiro para receber e não fora buscar. Como ela não fazia ideia de onde ele residia, acabou não indo atrás. De qualquer forma, porém, ela acabou dando uma informação muito importante e que os ajudaria a chegar ao paradeiro de meu pai: "Procurem por Angelo; ele atualmente está trabalhando no restaurante All'Antico Vinaio. Acho que ele poderá dizer alguma coisa mais concreta sobre o Felipe". Os dois agradeceram à senhora. Finalmente uma informação, e na hora certa, que os levaria ao paradeiro de papai, Luiggi. Acredita?

Chegando ao local, eles procuraram o tal Angelo. Uma mocinha muito jovem disse que iria chamá-lo e pediu que o aguardassem ali. Pedro ficou muito animado, Luiggi. Afinal, falaria com alguém que tivera amizade com meu pai fora do trabalho.

Angelo era um cara todo tatuado, alto, magro, olhos verdes e de cabelo amarelado. Tinha uma expressão pouco amigável, sabe? Não foi por acaso que chegou para os dois pedindo para se mandarem dali, porque ele não queria ter mais nenhum problema com certo *samurai*. Com essa, Pedro e Gui começaram a rir, o que o fez ficar mais irritado. Logo, então, os dois trataram de explicar para ele que não eram quem ele estava pensando. Angelo, com seu jeito estúpido, perguntou meio sem entender quem, afinal, eram eles.

Gui se apresentou e disse que só queria informações sobre uma pessoa que estava desaparecida, e foi logo mostrando uma foto de Felipe para ele. Automaticamente, o Angelo teve uma reação de espanto ao ver a foto do meu pai, Luiggi. Para Gui e Pedro, ficou claro que ele sabia de alguma coisa, mas Angelo não disse nada e começou a expulsá-los do local com empurrões, dizendo não fazer ideia de onde Felipe se encontrava. Não satisfeito, foi dando as costas para os dois, xingando e dizendo para eles deixarem isso para lá. Pedro ficou furioso com a atitude dele e o puxou por trás, pela gola de sua blusa. Disse que estava claro que ele sabia do paradeiro de Felipe e queria explicações porque o caso era muito sério.

Pedro teve que ameaçá-lo de verdade para tirar o que ele sabia, Luiggi. Não, não fique você pensando que Pedro é um homem violento e mau. Ele é uma pessoa íntegra; simplesmente disse a Angelo que, se não começasse a abrir o bico, eles iriam chamar a polícia e aí, sim, ele teria que se explicar em juízo e não de uma forma *amigável* o que sabia sobre o paradeiro de meu pai. Angelo ainda resistiu um pouco, Luiggi, e acabou dizendo que não sabia de nada, que era melhor para todo mundo não mexer com isso. Pedro, que estava um pouco descontrolado, falou sobre mim e questionou Angelo sobre se não ficaria com remorso sabendo que Felipe tinha uma linda filha que o esperava trancada dentro de um orfanato.

Angelo, então, de repente, empurrou Pedro contra a parede e perguntou que história era aquela de filha. Pois é, Luiggi, meu pai nunca havia falado de mim para ninguém. Você quer saber por quê? Calma, daqui a pouco eu conto. Quando Pedro me relatou essa parte da conversa, por um instante pensei que papai tivesse vergonha de me ter como filha, mas depois descobri que não era o que eu estava pensando, não. Ufa! Voltando para a história, Gui viu que o rapaz não fazia a menor ideia da minha existência pela sua reação e confusão. Pedro, por um momento, achou que ele estava desconversando mesmo, fingindo aquilo só para não falar onde meu pai estava.

O senhor Gui procurou acalmar o Pedro e disse que era melhor conversar com calma com o rapaz. Pedro, então, acenou com a cabeça com um sinal de consentimento e se afastou, mas a uma distância em que ele pudesse escutar tudo com clareza. Gui deixou bem claro que iria perguntar só uma vez sobre Felipe, e mostrou ao rapaz sua carteira de investigador. E disse mais: "Se você não começar a falar logo, as coisas se complicarão. Desembucha...". Angelo passou os olhos pelo local onde trabalhava e viu que os fregueses estavam olhando toda aquela cena, assustados. Ele engoliu em seco, deu um suspiro profundo e finalmente deu um sinal de Ok, falando que contaria tudo, mas em um lugar reservado e não ali no trabalho.

Eles foram para uma parte reservada que havia na lanchonete e Angelo começou a falar tudo que sabia – na verdade, o que ele fizera *contra* meu papai. O cara de pau começou dizendo que tinha Felipe como um irmão, que eles eram amigos de longa data, mas que ele realmente não sabia que eu existia. Pedro perguntou como podia um *amigo* não saber que o seu colega do peito tinha uma filha... História estranha, não, Luiggi? Pense um pouco. Mas o Angelo foi logo se justificando, falando que eles eram amigos de trabalho, que meu pai era muito fechado, nunca falava sobre sua vida pessoal e que jamais havia deixado escapar algo sobre a minha existência.

Pedro só acreditou, Luiggi, porque eu tinha comentado com ele sobre o jeitão fechado de meu pai. Quando o senhor Gui pediu que Angelo prosseguisse, ele começou a chorar. Disse que se arrependia de ter feito aquilo com meu pai e muito mais agora que sabia da minha existência; que sentia muito tudo o que estava acontecendo. Pedro não estava entendendo nada – *aquilo* o quê? – pediu que ele fosse mais claro e abrisse o jogo de uma vez por todas. Até perguntou se ele havia matado meu pai. Angelo, com a pergunta, deu um pulo para trás dizendo que podia ser covarde, mas que não era e nunca se tornaria um assassino. O senhor Gui pediu que ele fosse mais objetivo porque, da maneira que ele estava falando, parecia, sim, que tinha feito algo grave. Angelo, porém, não deixou o Gui terminar a frase e foi falando que havia cometido uma coisa grave quando entregou Felipe para o *samurai*, um perigoso bandido residente na Itália. Pedro não acreditou na confissão, afinal, como um amigo teria coragem de trair o outro? E por quê? Qual a relação de um bandido imigrante com o desaparecimento de meu pai? Angelo disse que eles estavam devendo dinheiro a um grupo local e que não era pouco, não. Só que ele devia muito mais que meu pai para o tal *samurai*.

"Eu não consegui o dinheiro para saldar a dívida, mas o Felipe, sim. E ele me entregou o dinheiro certo para pagar o bando", Angelo disse entre soluços para o Pedro e o Gui. Agora tudo fazia sentido para mim, Luiggi. Meu pai não queria mais chegar perto do grupo por medo de ser seguido e extorquido, caso me descobrissem. Assim, deu o dinheiro para o Angelo que, em vez de pagar a dívida do meu pai com o bando, utilizou a grana para pagar uma parte da sua própria dívida e escapar da perseguição.

Só que foi feita outra exigência para ele se livrar totalmente da dívida e voltar a ter uma vida sem medo de ser perseguido ou até assassinado, Luiggi: um acordo no qual seria poupado, sim, mas teria que entregar a cabeça de meu pai para saldar a outra parte da sua dívida. Dessa forma, Angelo deveria levar meu pai até um ponto da cidade onde seria armado um *acidente*, no qual ele serviria de testemunha. Com esse plano, evitaria uma investigação por parte da polícia. E qual era o plano? Atropelar meu pai brutalmente em uma esquina, sem levantar suspeitas sobre o bandido, dizendo que meu pai fora morto por um caminhão com placa de outro país que fugira rapidamente do local do acidente.

Gui perguntou se ao menos ele havia sido enterrado devidamente. Com a cabeça baixa, olhando para o chão, Angelo só dizia: "O cara tem uma princesa. O que eu fiz?", mas não adiantava mais nada derramar lágrimas de arrependimento, não é, Luiggi? Pedro, que já não estava com muita paciência, pediu que ele falasse logo qual era o cemitério em que meu pai fora enterrado e Angelo apenas balbuciou: "Cimitero degli Inglesi". Nisso ele se levantou, foi até um armário, abriu e tirou uma caixa pequena e um violino, entregando a Gui o atestado de óbito e os documentos do meu pai junto com uma pequenina boneca de pano que, agora, fazia sentido para Angelo tê-la encontrado no bolso do casaco de Felipe. Tristeza, não, Luiggi?

****

Quando Pedro chegou ao orfanato, fui até ele toda feliz. Crente que teria a melhor notícia da minha vida e que tudo voltaria ao normal ao lado de meu pai. Mas ele não conseguia sequer dizer uma palavra; apenas entregou o violino, que logo reconheci ser do meu pai por causa das iniciais gravadas nele, "F.B.", e, junto com o violino, uma pequena e linda bonequinha de pano, dizendo apenas que sentia muito. Pedro não precisou falar mais nada... Eu entendi o recado na hora. Eu só chorava, Luiggi, dizendo que não podia ser verdade, que papai estava vivo! Pedro, no início, tentou me abraçar, mas eu não queria acreditar naquilo. Nem percebi que estava dando socos nele, chamando-o de mentiroso. Até que desabei e o abracei dizendo que queria meu pai de volta. Não queria pensar que nunca mais o veria, que nunca mais o abraçaria. Deixei a sala aos prantos, Luiggi. Eu queria ficar sozinha. Fui para o porão do orfanato, pois sabia que ninguém teria coragem de ir lá por causa das histórias que contavam daquele lugar sombrio. Até meu medo foi embora, Luiggi; eu não tinha sentimento algum além de tristeza, a única coisa que me consumia por dentro pela perda definitiva do meu pai.

Fiquei horas olhando para aquela bonequinha que papai me entregaria no meu aniversário de 10 anos. Abracei muito aquela bonequinha como nunca antes havia feito com um brinquedo. Por um instante meu pensamento se apegou à roupinha dela, que era muito parecida com a que eu estava vestindo, tinha até um aventalzinho, com a diferença de que na dela tinha um zíper. Logo reparei que havia algo dentro do avental. Ao abrir o zíper, vi que era um papel dobrado. Retirei o papel com o maior cuidado do mundo, Luiggi, com medo de rasgá-lo e não conseguir descobrir o que havia ali, pois imaginei ser coisa do meu pai. E estava certa... Era uma frase escrita para demonstrar todo seu amor por mim:

Feliz aniversário, minha princesa. Sei que tenho sido ausente, mas me preocupo com você e é a sua existência que me dá força e o desejo de ser um pai melhor. Te amo.

Felipe Benatti nunca havia falado de mim porque só estava querendo me proteger do mal que existia e que ainda existe no mundo. E, por um momento, me vi conversando com seu violino: "Ai, pai, se você soubesse como é aqui, talvez daria um jeito de voltar, mas isso é impossível, pois você se foi para nunca mais voltar". Peguei o violino e comecei a tocar uma música cantada por Agnaldo Rayol e Charlotte Church – *Tormento d'amore*. Naquele momento essa era a canção perfeita para descrever minha nostalgia.

A morte é uma coisa inaceitável
Quem fica neste labirinto chamado mundo
Não aceita a passagem de um ente querido
Mas o desencarnar deste plano para outro é inevitável
Está muito longe de entendermos e sabermos o porquê
Algo além do aqui e o agora
Não podemos ver, mas podemos sentir
Como uma brisa que toca nossa pele

Eu estava tão longe em meus pensamentos que não me lembro do momento em que Clara entrou no porão para me buscar. Ah, nem me pergunte onde estava minha cabeça naquele dia, Luiggi, não vou saber dizer, mas acredito que estava com papai. Sei apenas que Clara me pegou pelos braços dizendo que não adiantava mais chorar, que eu teria que me conformar em passar minha vida naquele orfanato ao lado das outras garotas. Depois de algumas horas, um pouco mais tranquila, me arrependi de ter fugido para o porão sem me despedir de Pedro. Ele, pelo menos, teve o interesse em procurar meu pai, queria devolver meu sorriso e minha vida de antes. Mas quando recebi aquela notícia tão triste, não quis aceitar a tragédia que seria a minha vida dali em diante. Perdi duas coisas muito preciosas ao mesmo tempo: meu pai e minha liberdade. Sempre gostei de ser livre para ir aonde quisesse, mesmo antes de meu pai desaparecer, afinal ficava sozinha a maior parte do dia, menos quando estava trabalhando nas ruas e via muita gente. Você sabe disso, Luiggi.

Clara, naquele dia, pediu que eu lhe entregasse a bonequinha e o violino, argumentando que nenhuma menina ficava com brinquedo no quarto. Antes, porém, que ela tirasse as coisas das minhas mãos, pois era tudo que eu tinha de papai comigo, pedi, implorando, que me deixasse ficar pelo menos com a boneca. Lembro como se fosse hoje que, dando um suspiro antes de me dar qualquer resposta, disse que eu poderia ficar com a boneca, sim, e só com ela, e impôs uma condição que aceitei sem reclamar: "Preste atenção, Camila, ninguém, mas ninguém mesmo pode saber da boneca, principalmente a Antonia". Eu agradeci a ela por estar sendo tão generosa comigo, e perguntei onde ficaria o violino de papai. "Vou colocar no armário de Maria. Fique tranquila", Clara respondeu. Fui para o quarto e escondi minha lindinha na fronha do travesseiro. Achei que não conseguiria dormir rápido, mas até hoje penso que naquela noite, como em muitas outras tão tristes que já tive, imaginei papai vindo me colocar na cama para dormir e apaguei sem maiores problemas.

Sabe, Luiggi, naquela noite até tive um sonho lindo com papai: eu andava por uma praia muito bonita. Parecia tão real quanto o vento que bagunçava todo o meu cabelo. A areia era tão macia que eu chegava a afundar os pés a cada passo que dava. De longe, lá vinha papai em minha direção, todo sorridente. Ele usava roupa branca, e eu, um vestido lilás. Ele parou bem no meio da praia, abriu os braços e deu um lindo sorriso. Eu, então, corri em sua direção me atirando de encontro a seu abraço cheio de amor. Como eu queria permanecer nesse sonho por mais tempo... Estava tão bom! Fiquei toda brava quando acordei. Você pode imaginar, não, Luiggi?

Quando despertamos de nossos sonhos, por instantes ficamos bravos por termos acordado justamente naquele momento que tanto estávamos desejando vivenciar de fato. Até que nos damos conta de que, em vez de reclamar, devíamos agradecer pelo momento especial que nos foi dado.

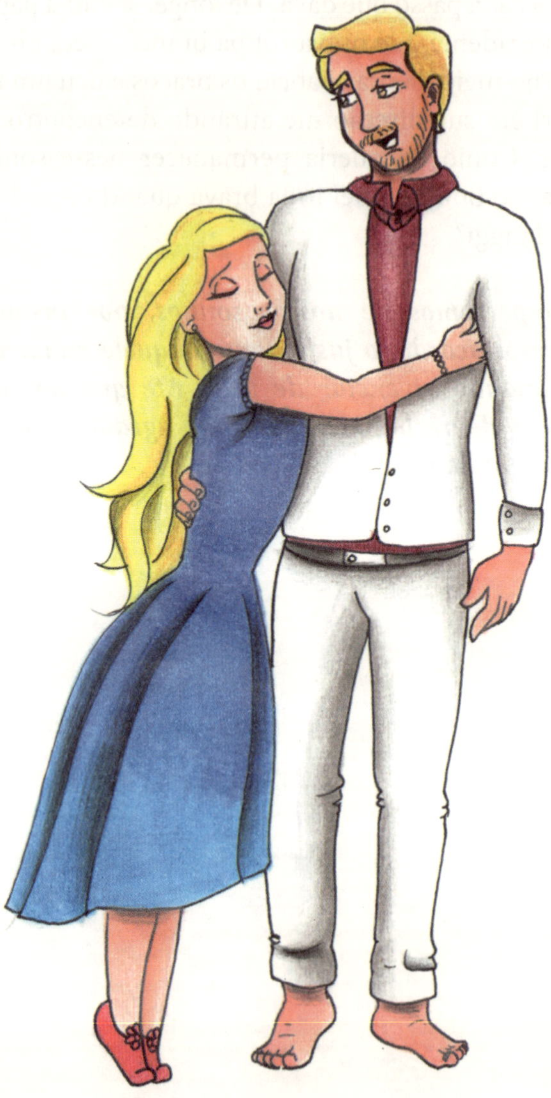

Quando achamos que é o fim, na verdade é o recomeço de algo que está por vir.
Deus sabe das coisas, Ele escreve nossa vida.
Muitas vezes não concordamos com a condução das coisas e não entendemos o motivo.
Mas quem disse que temos de entender, certo?
Temos apenas que viver e esperar.
Porque sempre haverá uma luz no fim do túnel

No dia seguinte, aconteceu uma coisa muito boa, Luiggi. O Pedro apareceu no orfanato! Sério. Eu estava na sala de aula com a professora Luzia quando ele abriu a porta. Eu sorri para ele da minha carteira, e a melancolia que estava me consumindo naquela manhã se dissipou um pouquinho. Luzia me autorizou a sair da sala para falar com Pedro. Fechei meu caderno toda feliz e fui em sua direção, logicamente já lhe pedindo desculpas por não ter me despedido dele, pois tinha ficado tão desnorteada com tudo que só queria ficar sozinha para tentar digerir melhor a notícia que ele havia dado. Pedro me abraçou e disse que ainda tinha algo a revelar que mudaria toda minha história. Por um momento eu pensei que a morte de papai havia sido um engano. Que ele fora achado ferido, porém passando bem. Nesse instante, Pedro pareceu ler meus pensamentos e logo disse que não tinha nada a ver com papai: "Camila, escute, na verdade até tem a ver com seu pai, claro, mas não da maneira como imagino que você esteja pensando. Ele realmente faleceu e..."

Pedro, porém, não teve chance de completar a frase. Do nada, Antonia apareceu pedindo que ele se retirasse do orfanato. Caso não saísse por bem, ela chamaria a polícia. Nós dois ficamos ali sem entender por quê. Afinal, dias antes, ela tinha até permitido que eu saísse do orfanato para passear com ele. Ficamos em silêncio por um tempo sem nos mexer, até que ela perguntou quem havia aberto a porta para ele. Quando Pedro ia responder, Maria surgiu com o seu salto 15 dizendo que *ela* é que havia liberado a entrada de Pedro. Você precisava ver nossas caras de satisfação, Luiggi. Pedro e eu trocamos olhares com um leve sorrisinho entre os lábios. Foi o máximo!

Claro que a Antonia ficou sem rumo, Luiggi. Acredito que, se tivesse um buraco no corredor, ela se jogaria lá dentro sem pensar duas vezes. Maria, então, disse que Pedro poderia usar sua sala para conversar comigo a sós, e ainda soltou esta com um tom de surpresa: "O mundo realmente é pequeno demais, Pedro". Na hora eu não entendi o que ela quis dizer com aquelas palavras, mas confesso que já estava ficando muito curiosa, Luiggi.

Quando entramos na sala da diretoria, Pedro fechou a porta rapidamente, depois me sentei na poltrona à sua frente. Perguntei o que ele tinha para revelar que mudaria toda minha história. Não conseguia imaginar o que poderia mudar tudo sem meu pai vivo. Então ele respirou fundo antes de começar a falar – pude ver em seus olhos certa emoção porque seu olhar tinha um brilho de muita alegria. Claro que só podia ser coisa boa, né, Luiggi?

"Fala logo, Pedro, estou curiosa para saber qual é a novidade", eu fui logo dizendo com a voz meio trêmula de emoção. Ele, então, pegou em minhas mãos e disse com um sorriso misturado com lágrimas, que não paravam de escorrer em seu rosto: "Camila, você não vai ficar trancafiada neste orfanato até completar 18 anos, não. Eu encontrei uma tia de seu pai que também é *minha tia*".

Ao ouvir aquelas palavras, ainda meio zonza com o que aquilo queria de fato dizer, meu coração se encheu de alegria e esperança. Pedro era sangue do meu sangue, Luiggi. Eu me joguei em seus braços no calor daquela emoção tão forte que explodia em meu peito e perguntei como isso era possível. Pedro, então, disse que, ontem, ao me dar a triste notícia do meu pai, voltou para a pousada Palazzo De Cupis, onde estava hospedado em Roma, arrasado. Curiosamente, pouco depois de chegar à pousada, recebeu uma ligação de sua tia Elena querendo saber dele. Se tinha achado, afinal, seu Stradivarius, pois estava preocupada com toda aquela história que ouvira falar na mídia. "Contei a ela, ainda muito triste, que tinha achado meu violino graças a você, Camila. E contei tudo sobre o que estava acontecendo, inclusive a morte de seu pai. Como ela é muito religiosa, me pediu o nome do seu pai para colocar em suas orações e intenções", e continuou falando...

"Quando eu disse o nome de seu pai para ela, a tia Elena inicialmente ficou em silêncio, e depois pediu que eu enviasse uma foto dele pelo celular. Camila, você não vai acreditar. Ao ver a foto, ela reconheceu seu pai imediatamente e começou a chorar. Disse que o moço da foto era seu *sobrinho, filho de seu irmão*. Não é maravilhoso, Camila? Na hora eu não estava entendendo nada, e pedi para a tia Elena ser mais clara. Sabe o que ela me disse, Camila? Que Carlos Benatti, seu avô paterno e irmão dela, brigara feio com ela e com a minha mãe, na época em que ele vivia no Brasil. A briga aconteceu por causa de herança que meus bisavós haviam deixado para os três irmãos. Depois da briga, ele decidiu voltar para a Itália ao lado de sua esposa, Alice Benatti, e desde então o irmão nunca mais dera notícias aos parentes que ficaram no Brasil". Ele não parou por aí, Luiggi...

"Essa foi a última vez que a tia Elena viu Felipe, seu pai, que nessa época tinha cinco anos. Ela chorava ao telefone, dizendo que seu pai e eu éramos primos inseparáveis quando crianças. A tia Elena não chorava só por causa da morte de seu pai, mas também por descobrir que o irmão dela, Carlos, havia partido sem tê-la perdoado por causa de dinheiro. Mesmo minha mãe, Beatrice, já falecida, não foi perdoada pelo irmão Carlos."

Quando Pedro terminou de falar, eu lhe perguntei como não tinha desconfiado do nosso parentesco. Afinal, tínhamos sobrenomes iguais. Aí, Luiggi, ele explicou: "Não, Camila, meu nome inteiro é Pedro Piccini, o de minha mãe era Beatrice Piccini, e de nossa tia, Elena Piccini". Olhei para o Pedro sem entender por que ele não tinha o sobrenome Benatti. Ele me explicou que Benatti vinha da minha avó, mãe de meu pai: "Provavelmente seu avô Carlos, depois da briga no Brasil, retirou novos documentos e passaporte para a família sem o sobrenome Piccini. Eu vi nos documentos de seu pai que só constava Benatti – tanto no nome dele quanto no de seus avós".

É isso, Luiggi. Essa história toda realmente mudou minha vida. Eu não fui para o hotel com Pedro no mesmo dia dessa visita ao orfanato porque tínhamos que esperar a dona Elena vir do Brasil para a Itália com mais documentos para pedir ao juiz minha guarda definitiva. Nenhum juiz daria a guarda de uma garota de 12 anos a um moço de quase 40 e que ainda por cima era solteiro, por mais que houvesse um grau de parentesco. Você entende, não, Luiggi?

A vida é, realmente, uma caixinha de surpresas.

****

Outra notícia boa: as coisas mudaram um bocado no orfanato com a volta de Maria. Contei tudinho o que tinha acontecido em sua ausência.

Ah, claro, o fato de ser parente de um violinista famoso mudava muito as coisas, né, Luiggi? Antonia não me tratou mais daquela maneira ríspida. Bom, nem tampouco me pediu desculpas por suas maldades sem motivo – mas eu nem esperava que pedisse mesmo. Muitas pessoas não reconhecem seus erros; sempre procuram justificar algo que não tem justificativa. Verdade, Luiggi, aceita! Kiara e suas amigas inconvenientes não me encheram mais a paciência, porém também não falavam comigo nem me olhavam de maneira doce; continuaram com olhar de superioridade.

Pelo menos algumas meninas começaram a conversar comigo depois que a Maria explicou minha história para todo mundo do orfanato. As garotas não eram ruins; elas simplesmente tinham medo de Kiara, do que essa malvada poderia fazer com elas caso falassem comigo. E, de verdade, Luiggi, eu entendo. Quem não obedecesse a Kiara estava perdido. E ainda tinha o olhar de seus capachos atrás da gente – que era medonho. Mas o que mais me deixou feliz foi Maria ter me devolvido o violino que era de papai. As garotas até pediram para eu tocar uma canção. Na hora fiquei meio sem jeito e olhei para Maria, pois não sabia se podia tocar ou não uma canção para elas. Mas Maria logo soltou um discreto sorriso de aprovação. Aí, Luiggi, eu fiquei de pé bem no centro da enorme sala de jantar e comecei a tocar a canção de um filme que eu gostava muito. Era a única música que realmente havia aprendido a tocar com meu pai, porque ele sempre subestimava a minha inteligência; achava que seria impossível aprender a tocar canções que *ele* considerava difíceis. Se eu não estiver enganada, o nome da cantora é Roxette, e a música, *It Must Have Been Love*. Depois toquei outras canções de outros compositores, como *Love Me Like You Do*, *La Traviata* e *O Sole Mio*.

Depois de tocar quatro músicas, Maria disse que era hora de nos recolhermos. Eu, particularmente, estava gostando muito daquela coisa toda de as meninas conversarem comigo. Todas eram muito fofas, mas a minha favorita era, sem dúvida, a Emilia. Ah, Luiggi, e não pense que é pelo fato de ela ter me ajudado algumas vezes. É porque ela tem um coração nobre. Quer saber como ela é, Luiggi? Bem, seu cabelo é tipo chanel, bem pretinho e liso. Seus olhos são negros como uma jabuticaba e tem muitas pintas espalhadas pelo rosto. Isso a incomoda muito, mas acho que é por causa dos comentários ofensivos de Kiara, sabe? Que a Emilia jamais dançará uma valsa porque nunca nenhum rapaz vai se interessar por ela. O restante você já sabe, né, Luiggi? Eu sempre procurei dizer a Emilia que não era para levar em consideração o que Kiara falava, até mesmo porque ela é uma menina linda e isso causa ciúme. Ah, e inveja. Só pode.

Quando chegamos ao quarto, Kiara estava sentada em minha cama com sua comitiva. Eu pedi que ela saísse, claro, de boa. A malvada, porém, simplesmente se levantou e me empurrou contra o chão, dizendo que eu era insuportável e que me odiava. Levantei-me do chão rapidinho e disse para ela me deixar em paz. Eu não queria confusão, não, queria apenas ficar no meu canto em paz. Nem sei como ela não retrucou e foi para a cama se deitar. Ao fechar os olhos, dei graças a Deus que em breve sairia dali.

Depois de três dias, Luiggi, Pedro retornou ao orfanato com a nossa tia Elena. Ela se emocionou muito quando me viu. Disse que eu me parecia demais com o meu avô, Carlos Benatti. Eu estava contente de conhecer minha tia-avó e mais contente ainda por Pedro ser meu primo. Tia Elena, então, explicou que eu ficaria com eles no hotel até o juiz entregar a guarda definitiva. Mas, nisso, Maria levantou-se de sua poltrona e disse bem firme que eles não poderiam me levar sem autorização de um juiz. Juro, nessa hora eu arregalei os olhos de espanto. Não queria acreditar no que Maria estava dizendo. Para a minha surpresa, porém, Pedro retrucou que tinha o documento e entregou-lhe um papel em que Elena Piccini detinha minha guarda provisória.

Pedro deu uma piscada para mim e eu não aguentei! Coloquei um enorme sorriso na minha cara com essa notícia. Maria examinou o documento e constatou que estava tudo certinho. Tia Elena me abraçou, disse para eu subir e pegar minhas coisas – mal sabia ela que eu não tinha quase nada. Subi ao quarto e Antonia estava lá parada ao lado da minha cama, segurando minha roupa velha (a roupa com a qual eu chegara ao orfanato, sabe, Luiggi?). Ela jogou a roupa em meu rosto sem dizer nada. Por um momento tive o maior medo. Ela passou por mim me encarando, e eu fiquei firme; mantive minha cabeça baixa, sem a encarar. Quando finalmente ela saiu, fechei a porta e coloquei o meu vestido azul velhinho. Peguei a bonequinha de pano, o meu violino e desci as escadas correndo.

Pedro e tia Elena já estavam me esperando na porta, ao lado de Maria. Entreguei minhas coisas a Pedro e me despedi das garotas que ali estavam. Agora, já sabe, né, Luiggi, quem foram as únicas pessoas que não falaram comigo. Nem preciso dizer... As próprias: Kiara, Lea e Alessa. Ficaram o tempo todo sentadas na escada só me observando, com olhar nada amigo. Antes de sair para sempre daquele lugar, disse a Emilia que ela era uma princesa muito especial, e que jamais me esqueceria dela. Abracei-a bem forte e agradeci a ela por tudo.

Luiggi, eu acredito que podemos ser tudo o que queremos ser. Por exemplo, eu posso ser Aurora, Cinderela, Bela, Gaspar, Chapeleiro Maluco, Alice, Anastácia, Pocahontas, Wendy, Nina e tudo que eu quiser ser. Sem ter que ficar seguindo os paradigmas que a sociedade coloca. Faça o mesmo você também e seja feliz.

Ao sair, senti uma felicidade imensa. Por mais que a guarda fosse provisória, eu sabia que não voltaria mais para aquele lugar. Perguntei a Pedro e à nossa tia se íamos para Florença. Pedro disse que a ideia era ficarmos no hotel, mas que talvez fosse uma boa ideia voltarmos para Florença enquanto não saísse a guarda definitiva.

Chegando ao local onde eles estavam hospedados, Pedro subiu para pegar as coisas dele e de nossa tia no quarto, enquanto eu e a tia Elena aproveitávamos para conversar um pouco. Ela me mostrou várias fotos de meus parentes. Realmente, Luiggi, eu me pareço demais com meu avô. Antes de pegarmos a estrada, Pedro passou no café para se despedir do senhor Gui e contar a grande notícia sobre nossa – *agora* – família. E foi assim que conheci o Gui e pude agradecer ao bom homem a ajuda que ele deu ao Pedro para descobrir o paradeiro de meu pai.

****

Naquele mesmo dia, mais tarde, quase não acreditei quando avistei de longe nossa casinha. Está certo, Luiggi, eu não falei com você naquele dia nem nos anteriores porque queria deixar para lhe contar tudo quando desse certo. Agora você entende isso, certo? Viu quantas coisas aconteceram e depois mais outras? Eu não conseguia ter um dia de sossego para conversar com você. Ah, sim, e eu também estava conhecendo minha tia. Queria passar o máximo de tempo ao lado dela para criarmos um vínculo de tia e sobrinha, sabe? Aceite, Luiggi, e pare de reclamar. Ainda tem muita coisa que quero que você saiba.

Após retornamos a Florença e a pedido dos dois, levei-os para conhecer a Galleria degli Uffizi, um dos museus mais famosos do mundo devido às inúmeras coleções de quadros e estátuas que abriga, sobretudo do período do Renascimento. Entre os principais artistas estão Botticelli, Giotto, Leonardo da Vinci, Michelangelo, Rafael, Caravaggio, Dürer, Rembrandt e Rubens. Depois de ficarmos a manhã inteira vendo as lindas obras de arte, Pedro nos levou para almoçar antes de partimos para outro cartão-postal da cidade de Florença.

Palazzo Pitti foi nossa segunda parada. Sabia que eu estava adorando ser a guia turística deles, Luiggi? O palácio hospedou os grandes duques da região da Toscana, entre eles os Médicis, os Lorenas e alguns reis da Itália. Hoje, abriga inúmeras coleções de pintura, escultura, objetos de arte, roupas e porcelanas. É um edifício extremamente bem conservado e que se estende até os jardins de Boboli, um dos primeiros e dos mais famosos jardins italianos. E, para fecharmos com *chave de ouro* o nosso dia, fomos aproveitar o fim de tarde na Piazza della Signoria, praça central de Florença, onde estão o Palazzo Vecchio, a Galeria della Signoria, o imponente edifício do Seguro Generali e as famosas estátuas, entre elas, uma réplica do Davi, de Michelangelo.

****

Depois de quase três meses fazendo visitas e entrevistas com Pedro, minha tia Elena e comigo, finalmente o juiz deu a guarda definitiva para a minha tia e a compartilhada ao Pedro. Na falta da nossa tia, ele é quem seria responsável legalmente por minha criação por ser o parente mais próximo depois da tia Elena. Quando os dois saíram da sala do juiz, por instantes achei que não tinha dado nada certo. Juro, Luiggi. Os dois resolveram brincar comigo e saíram da sala do juiz com expressão muito tristonha, olhando para o chão. Achei mesmo que teria de voltar para o orfanato. Aí, do nada, eles me fitaram e deram um enorme sorriso. Que alívio, Luiggi. Eu soltei da mão da moça que trabalhava no fórum e que fazia companhia, saí correndo na direção deles e Pedro me pegou no colo e me girou no ar. Titia estava tão feliz que começou a chorar de tanta emoção.

Vinte dias depois, após a decisão do juiz sobre o meu destino, pegamos o voo para o Brasil. Eu ainda tive uns dias para me despedir de Florença e de minha velha casa. Mas não foi um adeus, foi um até logo, porque sei que um dia voltarei para as minhas origens. Do fundo do meu coração, Luiggi, é isso que realmente quero que aconteça. Não tão cedo, claro, porque uma coisa eu descobri: o mundo é enorme, quero conhecer vários lugares – um diferente do outro – e viver um pouco em cada um. Sabe por quê? Porque a vida é uma só dentro desse tempo moderno, mas com toda a certeza do mundo meu último suspiro vai ser em minha velha Florença.

****

Não só descobri que o mundo pode ser generoso como também que ele nos desafia a colocar em prática os sonhos que queremos realizar.

E lá estava eu no maravilhoso Theatro Municipal do Rio de Janeiro, me apresentando ao lado de Pedro para uma plateia gigantesca. Pedro no piano e eu no violino, levando o público ao delírio quando tocamos duas lindas canções brasileiras, dos compositores Roberto Carlos e Erasmo Carlos. Confesso que, quando a cortina vermelha se abriu me revelando ao público, meu coração disparou. Pude sentir nitidamente um calafrio consumir meu estômago. Olhei para o Pedro, e ele estava todo concentrado para começar a apresentação. Enquanto o maestro nos apresentava ao público, fechei os olhos por alguns segundos e procurei papai em minhas lembranças mais profundas, até eu sentir aquele aroma tão familiar e uma mão repousando sobre meu ombro. Naquele momento, tudo havia ficado completo, pois meu pai estava presente. Só isso já foi suficiente para ter toda a confiança de que precisava para começar a tocar as canções *Nossa Senhora* e *Emoções*. Tenho até hoje as partituras daquele dia...

Emoções
Violino+Piano
Roberto Carlos

Emoções

ve - zes eu dei - xei vo - cê me ver cho - rar___ sor - rin - do___ sei tu - do que o amor é ca - paz de me dar___ eu sei já so - fri___ mas não dei - xo de amar___ se cho - rei ou se sor - ri___ o im - por - tan - te que emo - ções eu vi - vi___ São tan - tas já vi - vi - das___ são mo - men - tos que não es - que - ci de - ta - lhes de uma vi - da his - tó - rias que con - tei a - qui___

Emoções

mas eu estou aqui vi-vendo esse mo-men-to lin - do de frente pra você as em-moções se re-pe-tindo em paz com a vida o que e-la me traz na fé que me faz o-ti-mista demais se cho-rei ou se sor-ri o impor-tante é que emoções eu vi-vi

Nossa Senhora

Roberto Carlos

Cu - bra - me com teu man - to de amor guar - da - me na paz desse o - lhar
cu - ra - me as fe - ri - das e a dor me faz su - por - tar
que as pe - dras no meu ca - minho meus pés su - por - tem pi - sar
mes - mo fe - ri - do de es - pinhos me a - jude pas - sar

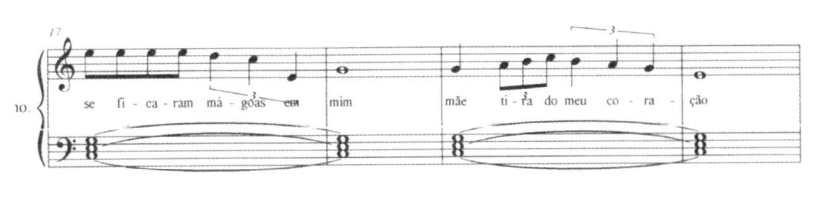

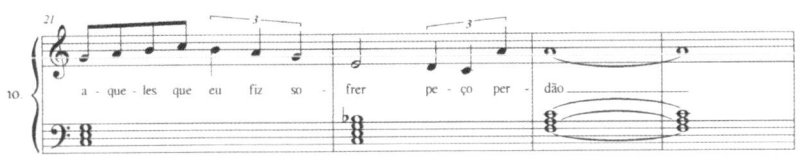

Nossa Senhora

10. se ficaram mágoas em mim mãe tira do meu coração
aqueles que eu fiz sofrer peço perdão
se eu curvar meu corpo na dor me alivia o peso da cruz
interceda por mim minha mãe junto a Jesus
Nossa senhora me dê a mão cuida do meu coração da minha

37
vi - da do meu 3 des ti - no
41
Nos - sa se - nho - ra me dê a mão cui - da do meu co - ra - ção da mi - nha
45
vi - da do meu 3 des ti - no do meu ca -
49
mi - nho cui - 3 da de mim
53
sem - pre que meu pran - to ro - lar

Nossa Senhora

ponha sobre mim suas mão aumenta minha fé a calma o meu cora-

ção   grande é a procissão a pe - dir

a mi-se-ri-cor-dia o' perdão   a cura do cor-po e' pra alma a salva-

ção   pobres pecadores oh mãe

tão ne-ces-si-tados de vós   santa mãe de Deus tem pi - e - dade de

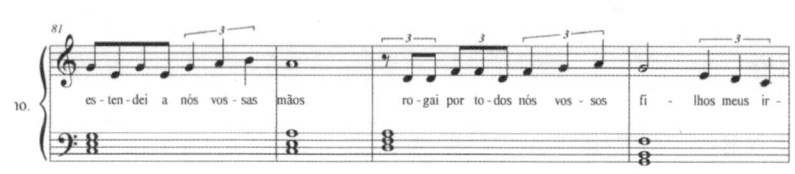

Nossa Senhora

nós... de jo-e-lhos aos vossos pés... es-ten-dei a nós vossas mãos ro-gai por todos nós vossos fi-lhos meus ir-mãos Nossa senhora... me dê a mão... cui-da do meu co-ra-ção da minha vida... do meu des-ti-no... do meu ca-minho cui-da de

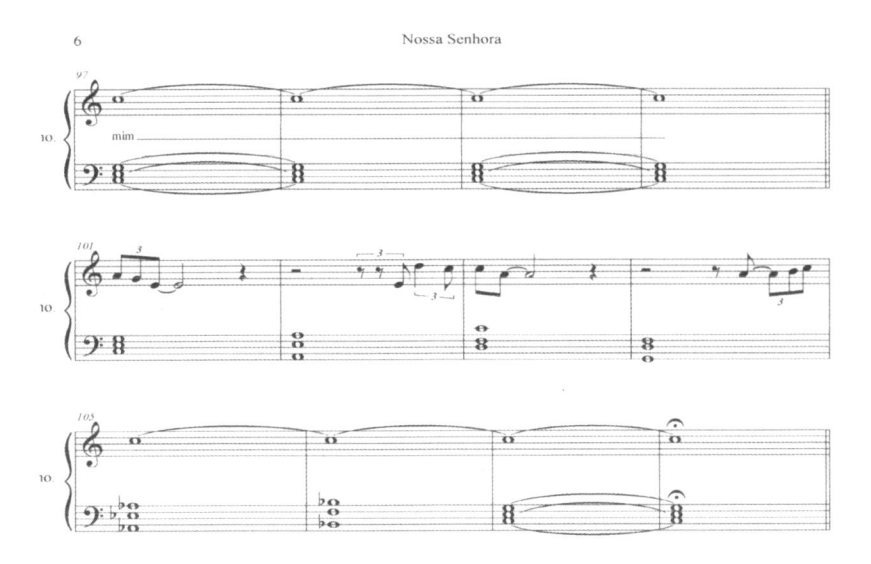

Como tudo isso aconteceu, Luiggi? Foi algo surreal, porque eu não iria apresentar o concerto ao lado de Pedro, não. Calma. Vou explicar desde o início, de um jeito bem rapidinho para você entender melhor... Quando chegamos ao Brasil, Pedro retomou seu trabalho no dia seguinte, porque ele tinha uma apresentação muito importante nesse dia, no Theatro Municipal do Rio de Janeiro – que já havia sido adiada mais de uma vez por causa de sua longa estadia na Itália. Ele nunca ficava durante a tarde em casa comigo e com a titia; estava sempre ensaiando para a grande apresentação. Teve um dia, porém, que me levou para assistir a seu ensaio. Chegando ao teatro, o empresário de Pedro falava muito aflito ao celular e, ao terminar a ligação, olhou para Pedro totalmente pálido. Eu, sinceramente, Luiggi, achei que ele estava até passando mal. Pedro perguntou umas três vezes o que acontecera, e nada. Por fim o empresário conseguiu responder, meio gaguejando, que Filomena, a violinista que tocaria com Pedro na apresentação, não poderia mais participar.

Pedro perguntou, na hora, num tom alto: "Como assim?". O homem respondeu que ela ficara presa em Nova York por causa da neve ininterrupta que caía na cidade, atrapalhando os voos nos aeroportos. Nessa hora, Pedro andou de um lado para o outro com as mãos na cabeça, Luiggi. Aí, de repente, ele parou na minha frente e disse: "Você, Camila! Você vai tocar comigo na apresentação". Na hora, o empresário o chamou de louco: "Pedro, não faz o menor sentido isso. Como a menina vai tocar com você?". Pedro olhou para ele e disse que eu tocava maravilhosamente bem, mas o homem estava muito inseguro e desafiou o meu talento dizendo que somente vendo para crer.

Ao subirmos ao palco, peguei o violino e toquei *Paganini Caprice 24*. Quando terminei, o empresário estava de boca aberta, e Pedro me perguntou se meu pai é que havia me ensinado aquela música tão difícil de ser executada com perfeição. Ah, Luigi, eu disse a ele que não fora papai, não. Eu aprendi assistindo ao concerto pela televisão, sozinha. Repetindo, repetindo até ficar bom. O empresário de Pedro começou a rir dizendo que era impossível eu tocar algo daquele nível apenas escutando a música. Eu fechei minha cara na hora. Odeio que me chamem de mentirosa quando estou falando a verdade. Percebi que até o Pedro ficou em dúvida: "Camila, tenho de concordar com meu empresário. Essa é uma música das mais difíceis de aprender".

Eu fiquei muito frustrada com o que os dois falaram, Luiggi. Então pedi a Pedro que tocasse uma música que ele considerasse difícil de aprender a tocar só de ouvir. Ele aceitou o desafio e começou a tocar *Devil's Trill Sonata*, de Giuseppe Tartini. Quando terminou, eu praticamente tomei o violino de suas mãos e reproduzi o que ele havia tocado. Claro que errei um pouquinho, porque a gente também precisa de treino, né, Luiggi? Pedro, emocionado, me pediu desculpas por não acreditar no que eu havia falado, e o tal empresário disse que eu era muito mais que uma menina talentosa: eu era um fenômeno, um *prodígio*. Pedro, então, perguntou se eu aceitaria tocar no teatro ao lado dele, como já havia me proposto. Na hora, disse que não era uma boa ideia porque nunca havia tocado para tanta gente – na verdade, nunca tocara em um teatro em toda a minha vida. Ele segurou minhas mãos dizendo que eu era capaz de tocar e que já nascera pronta.

Lembro-me de que, nesse dia, meu olhar percorreu o espaço inteiro imaginando tudo aquilo repleto de pessoas. Que medo... Por um segundo, então, pensei em dizer *não*, até que pude ver, em uma cabine do teatro, uma silhueta em que reconheci papai. Abri um sorriso bem discreto, fitei Pedro bem séria e disse que aceitava tocar. Nisso, de repente, chegou um senhor, que devia ter uns 60 anos, com um rapaz de nome Caio. Apresentou-se como Henrique e, cheio de arrogância, disse que Caio iria substituir Filomena a pedido dos patrocinadores.

Pedro até tentou dizer que eu é que tocaria com ele, mas o senhor não deu chance de mais nenhuma palavra: "A decisão está tomada, Pedro, e o contrato, assinado". Eu peguei no braço de Pedro para chamar sua atenção e disse que estava tudo bem. Antes de nos retirarmos do local, então, com tudo ajeitado, Pedro desejou as boas-vindas ao rapaz e disse ao senhor Henrique que em uma próxima oportunidade apresentaria aos patrocinadores um novo talento: *Camila*! Agradeceu a todos e voltamos para casa loucos para contar os acontecimentos para a titia, Luiggi.

Faltavam sete dias para a apresentação. Nesses últimos dias, eu acompanhei Pedro aos ensaios. Pelo que pude ver, o concerto seria de fato incrível. Pedro mandava muito bem no piano, e Caio era um ótimo violinista. Eles tocariam as duas canções lindíssimas que citei antes. Lembra, né?

Até que o grande dia chegou! Titia e eu estávamos na primeira fileira e essa seria a primeira vez que assistiria a um concerto ao vivo. Faltando uns vinte minutos para começar a apresentação, o empresário de Pedro surge do nada, dizendo que eu teria que acompanhá-lo até o camarim onde Pedro estava. Ficamos sem entender o que estava acontecendo, mas titia olhou para mim e disse para eu ir. Afinal, se Pedro estava chamando, com certeza era algo urgente. Quando cheguei ao camarim, Pedro me olhou todo sorridente dizendo que eu tocaria, sim, ao lado dele. Na hora não entendi direito o que estava acontecendo, até aparecer o senhor Henrique pedindo para eu tocar no lugar de Caio. Você não vai acreditar, Luiggi... Ao que parece, Caio não estava passando bem e teve que se retirar do local.

Olhei para o Pedro com uma expressão bem assustada. Antes que eu falasse qualquer coisa, Pedro disse num tom doce que agora era *ele* que precisava de minha ajuda. Eu consenti com a cabeça e o empresário de Pedro saiu correndo para que falassem meu nome na hora que entrássemos em cena. Sabe que foi bom tudo isso acontecer? Eu explico... Eu aprendi mais uma lição, Luiggi, e tenho certeza de que você também.

O que for para ser, será. O que é seu pela lei de Deus chegará até você na hora determinada. E, lembre-se sempre, ninguém tem o poder para tomar a graça que lhe foi dada. A única coisa que poderá acontecer é surgir um desafio para dificultar as coisas.

Mas, vai por mim, seja sempre diferente da pessoa mal-intencionada. Porque uma das melhores armas é o amor ao próximo. Seja aquilo que ninguém espera que vá ser: educado e gentil. Ah, já ia me esquecendo, peça desculpas, mesmo se não estiver errado.

Por que não ficamos na Itália, Luiggi? Eu, no início, não queria me mudar para o Brasil, mas até que está sendo legal viver no Rio de Janeiro. O único problema aqui é que está sempre quente. Pedro me falou um dia desses que as estações deixaram de existir no Brasil. É verdade, eu também reparei nisso. Quando fomos a São Paulo, vivenciamos as quatro estações em um único dia. Sério, Luiggi. Ora, por que não insisti para ficamos em Florença? Você não faz mesmo ideia do motivo, Luiggi? Simples... não podia ser egoísta pedindo para eles se mudarem para a Itália; eles têm responsabilidades no Brasil das quais eu ainda nem faço ideia. Foi por isso.

Agora vou precisar sair, meu amigo. Mas é claro que não é um adeus, mas, sim, um até logo, meu lindinho. Tenho certeza de que vamos nos ver por aí. A estrada de nossas vidas está apenas começando e, em breve, terei outras experiências para compartilhar com você.

Nós podemos ter várias vidas em uma, mas não se esqueça de que a alma é a mesma. Os tempos são diferentes. Sendo assim, faça cada renascimento se tornar único no seu pequeno espaço de tempo.

Boa noite, meu amado Luiggi.

Música: O Violino
Compositora: Áurea Oliveira
Dedicada à personagem Camila

Veja como são os desígnios da vida... esperanças perdidas, noites maldormidas.

Mas nunca por Deus somos esquecidos. Quando nos encontramos só, lá está Deus ao nosso redor, seja no raio de sol, seja no anoitecer, ele sempre a nos proteger.

Eu uma pobre menina, cumprindo uma sina, e sempre a esperar por quem prometeu voltar e não voltou... fui injustiçada, maltratada, mas não parei de lutar. Sempre achando que um dia tudo o que eu sofria ia se acabar.

Nas flores encontrei amor, as quais eu podia abraçar e as vendia para poder me alimentar, sem imaginar que o meu destino ia mudar no dia em que me sentei no banco da praça, pensando como era triste o meu caminho. Foi quando avistei um violino... eu o apanhei e comigo o levei sem saber que, ali, eu voltaria a sorrir.

Por ordem do destino, o dono do violino me encontrou, a prova de que Deus não me desamparou.

MATRIX